「あああああっ！」

　熱くて固い物に自分の中をピッタリと埋め尽くされてしまった感覚に、杏珠は一際大きな嬌声を上げ、肌を粟立たせた。

Illustration／すがはらりゅう

神泉の巫女姫

芹名りせ

Illustration
すがはらりゅう

ジュリエット文庫

神泉の姫巫女

目次

神泉の巫女姫
登場人物紹介
瑠威……男子禁制の禁園に現れる謎の美青年。王とも親しい。
杏珠……国土に雨をもたらす『神泉の巫女姫』に選ばれた少女。

桜花……杏珠付きの女官。

李安……杏珠付きの宦官。

奉耀姫……王の妃の一人。李安の元の主人。

壮忠篤……漣捷国国王。若く有能な王

柚琳……瑠威の世話係の少年。

凜良……瑠威の世話係の少女。

イラスト／すがはらりゅう

神泉の巫女姫

「雷鳴轟く無雨の春宵、選ばれし乙女の天庭に星の御印刻まれん。
清廉にして潔白。温厚にて従順。真の巫女姫たる乙女が、泉に祈りを捧ぐ時、
天の御使い、聖なる泉より現れ出る。
乞い求めよ。与え授けよ。真に心通わせし時、天帝の啓示、好天を貫き、
国土に恵みの慈雨を与えん」

『漣捷国伝承大観』――「神泉の巫女姫」の項より――

序章

それが、天から与えられた大任に仇《あだ》なす行為であることは、彼女とて重々承知していた。

それでも、手を伸ばさずにはいられない。

天井から吊《つ》るされた数多《あまた》の紗《うすぎぬ》により、外からの陽光を遮られた薄暗い閨《ねや》の中。

絹の褥《ふとん》に横臥《おうが》する自分を見下ろし、しばし息を詰める人。

ほんのつい先ほどまで、しなやかな指と艶《つや》やかな唇とによって愛撫《あいぶ》されていた肌には、まだそこかしこにその感触が残っている。

昂《たか》ぶる気持ちと体の熱が冷めやらぬうちに、いっそ全てを奪い去って欲しいのに、一度引かれたその手は、もう彼女の柔肌《やわはだ》に触れて来ようともしない。

「どうして……?」

答えのわかっている疑問を、彼女は口の端に乗せた。

「やっぱりできない、杏珠《あんじゅ》……」

長い沈黙の末にようやく口を開いたその人は、これ以上大切なものはないというほどの優しげな声で彼女の名を呼ぶ。——杏珠《あんじゅ》と。

「だって……！」

浮かびそうになる涙を必死に堪えて、杏珠は何度も頭を振った。

「わかってる。君の気持ちも決意もよくわかってるんだ！　でも君を手放したくない。離れたくない。これは完全に私の我儘《わがまま》だ……」

唇を嚙《か》み締《し》めて俯《うつむ》けられた横顔に、杏珠はそっと手を伸ばした。

「杏珠？」

驚いたように自分を見つめる双眸《そうぼう》をしっかりと見返し、杏珠は一言一言、言葉に心を込める。

それでもやはり、自分の決意が翻ることはないのだと。

「ごめんなさい。それでも私……決めたの」

離れてしまった肌を再び自らの上に導くかのように、広い背中に細腕をまわし、そっと抱きしめる。

「だから、やめないで……」

眦《まなじり》から零《こぼ》れ落《お》ちる涙に、温かな唇が寄せられた。

「……ああ。わかった」

涙を辿《たど》る口づけが、杏珠の滑らかな頰《ほお》の輪郭をなぞり、不安と悲しみに震える小さな唇にまで落ちて行く。これまで幾度となくそうしてきたように、どちらからともなく唇を重ねた。

「んっ……」

その口づけでさえ、これで最後になるのかも知れないと思うと、貪るように互いを求めずにはいられない。

「んふぅっ……んっ……う」

しんと静まり返っていた臥室《しんしつ》に、牀榻《しんだい》に敷き詰められた絹の褥《ふとん》が乱される音と、乙女のあえかな喘《あえ》ぎ声が、再び満ち始めた。

無情にも、昇りつめる寸前で放り出されていた無垢《むく》な体は、すぐにまた熱を帯び始め、情欲の炎を灯《とも》してゆく。

「あっ……あ」

滑《なめ》らかな肌の上を自由に滑《すべ》り始めたてのひらによって、冷静さを保とうとしていた心がかき乱される。

「っ……やっ……あ」

胸の膨らみの頂点で固く尖《とが》った蕾《つぼみ》に指先をかけられ、杏珠は背をしならせて喘いだ。

大きく開かされた脚の間に、熱い滾《たぎ》りを感じる。ほんの少しどちらかが身動きしさえすれば、それが杏珠の純潔を奪うような体勢で、最後の確認をされていたのだから当然だ。

敏感な部分をわざと刺激してくる指と舌によって、トロトロに溶かされた杏珠のその部分に、期せずして熱く硬いものが僅《わず》かに潜《もぐ》り込む。

「あっ……あ！」

真っ先に感じたのは、愛する人を初めて受け入れる喜びでも、ようやく大任から解放される安堵《あんど》でもなく、これでもうこの人の傍《そば》には居られなくなるのだという悲しみだった。

杏珠《あんじゅ》が純潔を失い、与えられた務めを果たす資格を失えば、これまで当たり前のように抱き締めてくれていたこの腕に、もう触れることさえできなくなる。

指も声も眼差《まなざ》しも唇も背中も、全て彼女の物ではなくなる。

切り裂かれるように胸が痛くて、固く目を閉じて涙を零《こぼ》すと、唇が涙に寄せられる代わりに、体の中心にある熱いものは杏珠の濡《ぬ》れた箇所から離れてゆく。

「杏珠」

このままではまたこの優しい声の主を、惑わせてしまうと思い、杏珠は彼の前に自らもう少し大きく脚を開いた。

「……お願い……」

ハッと息を呑む音と共に、杏珠の太腿《ふともも》にかけられていた手に力がこもる。

それと前後して、熱く張り詰めた固いものが、杏珠の最も柔らかい肉を掻《か》き分《わ》け、その奥で蠢《うごめ》く襞《ひだ》へと突き入れられてゆく。

「つっ……は……ああっ……ぁ……！」

狭い空洞は、その怒張を受け入れるにはあまりに細く、引き裂かれるような身の痛みは、そのまま杏珠の心の痛みだった。

(これでもう、私は純潔な乙女ではない。だから巫女姫《みこひめ》ではいられない！　……でも)

自ら望んで役を手放したことに対する罪悪感。その陰に隠された大いなる決意。

そしてその更に奥に見え隠れする、愛する人と結ばれる純粋な喜び。

悲喜入り混じる杏珠の心情は、そのまま、初めての行為に悲鳴をあげる無垢な体と直結しているかのようだった。

苦しい。痛い。辛い。――けれど幸せ。

「杏珠、杏珠……それじゃ辛《つら》いだけだから、力を抜いて……」

震える瞼《まぶた》に交互に口づけを落とされながら、優しい声で呼びかけられても、何をどうしたら楽になれるのかまるで分からない。

「い……たぁ……っあ……ああっ！」

それでも――。

愛する人に初めてを捧げられたことを、杏珠は一人の乙女として幸せに感じていた。

たとえこれでもう、その人の傍に居られなくなるのだとしても――。

第一章

「キャア――――ッ！　いやあ――――っ」

狭い居室《いま》に、絹を引き裂くような乙女の絶叫が響いた。

固く閉じた瞼《まぶた》の裏に映るのは、瞳を射るような閃光《せんこう》。耳をつんざくのは、大地を揺るがす轟《ごう》音《おん》。

「いや――――あっ！」

卓子《つくえ》の下に蹲《うずくま》り、背を丸めて耳を塞いでも、古い玻璃《はり》の窓をビリビリと鳴らすほどの振動が、少女の小柄な体を震えさせる。

雨の気配もないのに宵空を引き裂く稲光《いなびかり》は、大の男であってもそら恐ろしいのに、十六になったばかりのか細い少女は、人気の絶えた小さな居室の卓子の下で、一人きりでガタガタと震えていた。

「いやっ！　もういや――――っ！」

叫びだけ聞いているならば、か弱いという言葉からはほど遠い力強さだが、彼女が心細かったことには違いない。

　一晩中卓子の下から出ず、臥室《しんしつ》の牀榻《しんだい》も使わないままだったので、翌朝彼女の世話をしにやって来た侍女は、顔色を変えてその姿を探し回った。

「杏珠《あんじゅ》さま？　杏珠さま――っ！」

　呼び声に気付き、菫色《すみれいろ》の瞳を瞬いた少女は、カチコチに固まった体をようやく伸ばし、卓子の下から小さな手を上げる。

「ここです」

「なんだってまあ、そんなところで……」

　呆《あき》れたように杏珠に近付いた侍女の顔が、彼女を助け起こそうと手を伸ばした瞬間、幽鬼でも目にしたかのように強張《こわば》った。

「杏珠さま……そ、それ？」

「え……？」

　侍女が何を驚いているのか、皆目見当もつかないまま、杏珠は指された自分の顔を撫《な》でた。

　床で直に眠ってしまったので、土汚れでも付いたのだろうか。それともはしたないことに、涎《よだれ》の跡とか――。

　侍女は足をもつれさせながらも隣の臥室《しんしつ》へと走り、机案《つくえ》の上から珠の埋め込まれた手鏡を持って来る。

（何かそんなにおかしいかしら？）

杏珠《あんじゅ》の顔を見つめたまま、呆《ほう》けたように口を開けている侍女から、鏡の中の自分の姿へと視線を移す。

その瞬間、杏珠の小さな唇も、侍女と寸分違わぬほどにあんぐりと開かれた。

「なんてこと！」

夜明け間近の昊《そら》の色にも似た群青色《ぐんじょういろ》の前髪の間から、何かが微《かす》かに見え隠れする。

菫《すみれ》色の大きな瞳と柳のようにしなやかな眉の上。さながら夜空に輝く綺羅星《きらぼし》のように、額《ひたい》に燦然《さんぜん》と輝く星印。

「杏珠さまが……お嬢さまが、額に御印《みしるし》を戴《いただ》かれました――！」

つい先刻、やる気のない足取りで渡って来たばかりの回廊《かいろう》を、侍女が衣の裾を翻《ひるがえ》しながら駆け戻って行く。

「神泉の……『神泉《しんせん》の巫女《みこ》姫《ひめ》』さまとして、恐れ多くも天よりご選定をお受けです！」

額に刻まれた星形の刻印に、そっと指先で触れてみながら、杏珠は声も出なかった。

（私が……巫女姫？）

漣捷国《れんしょうこく》建国より三百有余年。

国に大事のある際に誕生するとされる、伝説の乙女――『神泉の巫女姫』に、尊い生まれでもない、特にこれといった特技もない自分がいったいなぜ選ばれたのか。

漣捷国の片隅でひっそりと暮らすしがない地方貴族の娘——旺杏珠《おうあんじゅ》には、その選定があまりにも不可解だった。


大陸の中央に位置し、古来、雨に恵まれない国土である漣捷国には、古い言い伝えがある。

雨を伴わない雷の夜。天に選ばれた乙女の額に星の御印が刻まれるというものだ。

乙女は『巫女姫』と呼ばれ、漣捷国の首都にあるという『神泉』で、泉に祈りを捧げる。

祈りが無事天に届いたならば、神泉から天の使いが姿を現し、日照りに苦しむ国土を潤《うるお》すという——。


幼少の頃には国民の誰もが、父母や侍女らから、ひとり寝の慰めにでも聞かせてもらうような説話だが、実際に天によってその選定が行われるとは、多くの者は信じていない。

いわゆる御伽噺《おとぎばなし》の類《たぐい》だ。

故に、その日突然額に御印が現れた杏珠の周りでは、上を下への大騒動となった。

「ど、ど、どういたしましょう、旦那様……！」

「どうしようって……州侯《しゅうこう》様にお願いして、暁安《ぎょうあん》に使いを出してもらうしかないではないか！我が家の娘が、額に印を戴きましたと！」

杏珠の父である旺芥崔《おうかいさい》は、西州《せいしゅう》では名の知れた古き良き家柄の出だが、現在は州府に務めるしがない一役人に過ぎない。

故にこのような場合は、西州を治める西州候《せいしゅうこう》に事の次第を報告し、花の都――暁安《ぎょうあん》に、「巫女姫誕生《み こ ひめ》」の知らせを送ってもらわねばならない。

そして恐れ多くも国王陛下に、杏珠《あんじゅ》の今後の身の振り方について、ご指示を仰ぐ。

もし杏珠が真に『神泉の巫女姫』に選ばれたのならば、すぐにでも神泉のある暁安へと赴き、今後はかの地で暮らさねばならなかった。

神泉は宮殿の中、それも王やその妃嬪《ひひん》らが住まう内殿の中にあるという。

愛娘《まなむすめ》が巫女姫に選定されたことには半信半疑の芥崔《かいさい》だったが、その「神泉」の場所にだけは、思うところがあった。

（天から選ばれたとか、天の使い云々《うんぬん》とか……とてもうちの杏珠の話とは思えないのだが……しかし場所が場所、もしかすると国王陛下に見《まみ》える機会もあるかもしれない……幸い杏珠は、素朴ながらも可憐《かれん》な面差しをしているし……後宮の華やかな方々に飽いた陛下が、気晴らしにでも、見初めて下さることがある……かも……？）

かなり希望寄りな見解ではあったが、旺芥崔はその一念で、愛娘を都へ送り出す決意をした。

故に旅立ちの日、暁安からの使者と共に杏珠が邸《やしき》を出立する際、芥崔が彼女に耳打ちしたのは、巫女姫の父としてはかなり斜め方向の訓示《くんじ》だった。

「いいか杏珠。都に着いたら、常に身だしなみには気をつけるように。家から持って行った物でも、向こうでいただいた物でもいい。とにかく最高の衣を纏《まと》って、最高の化粧で、いつでも最高の笑顔で！」

恐ろしいほどの気迫に少々腰が引けながらも、杏珠は父の言葉を真摯《しんし》に受け止めた。

「は、はいお父様。けれど私は神泉に祈りを捧げるために暁安に行くのですから、いつも着飾っているというわけには……」

「ダメだ、ダメだ！　そんな弱腰でどうする！　ここはもうぜひとも陛下の目に留《とど》まり、なんとか寵愛《ちょうあい》を得る勢いでだな！」

「お父様？　私は巫女姫に選ばれたのではないのですか？　国土を潤《うるお》す雨を願って、神泉に祈りを捧げるという……」

「も、もちろんそうだ！　もちろんそうだが、その場所が禁園《きんえん》である以上、意識はしておくべきというか……いや、むしろそれを狙って欲しいというか……」

「お父様？」

「とにかく！　いつ何時《なんどき》陛下の目に留まるやもしれぬのだから、常に身だしなみには気をつけるように！　以上だ」

「はい」

何やら目的が違っている気もするが、男手一つでここまで育ててくれた父が、わざわざ仕事を休んでまで出立《しゅったつ》を見送ってくれたことが、杏珠は嬉《うれ》しかった。

二頭の馬に牽《ひ》かれた軒車《くるま》が走りだし、名残惜しい生家《せいか》が道の向こうにすっかり見えなくなるまで、杏珠《あんじゅ》は何度も後ろをふり返り、使用人たちと共に邸の前で見送ってくれる父の姿を見つめ続けた。

「行ってまいります。お父様」

軒車に向かって大きく手を振り、果ては何かを祈願するかのように両手を合わせて祈り始めた父の姿は、涙で滲《にじ》んだ視界の中ですぐに見えなくなった。

西州候《せいしゅうこう》からの知らせを受け、漣捷国《れんしょうこく》の首都——暁安から杏珠を迎えにやって来たのは、中性的な美貌の若い男と、杏珠と同じ年頃の可愛《かわい》らしい少女だった。

杏珠の額《ひたい》の星印を一目見るや否《いな》や、「はい、間違いございません」と言い切った使者の言により、杏珠の暁安行きはすぐさま確定した。

しかしながら、つい今しがた会ったばかりの相手、軒車の中で並んで座りながらも、三人の間には会話らしい会話も生まれない。

杏珠は思い切って、真向いに座る少女に声をかけてみた。

薄桃《うすもも》色の襦裙《じゅくん》に菖蒲《しょうぶ》色の上着を重ねた少女は、名を桜花《おうか》といい、杏珠の世話をする宮女《きゅうじょ》の一人だという。

「宮女……？」

「はい」

恥ずかしげに首を竦《すく》め、そのまま俯《うつむ》いてしまった桜花の代わりに、彼女の隣に座る若い男の方が説明を付け足す。

「これより巫女姫《みこひめ》様におかれましては、宮城《きゆうじよう》の禁園《きんえん》内にあります神泉にて、任に就いていただくこととなります。つきましては、泉に一番近い露翔宮《ろしようきゆう》に居室をお持ちになり、そちらで起居していただくことに……ですから、身の回りのお世話をさせていただきます宮女と、我ら侍従が数名付かせていただきます」

「宮城……侍従……」

杏珠は思いがけない言葉に目を瞠《みは》るばかりだった。

漣捷国の首都——暁安にある宮城では、当然のことながらこの国の王と、その数多《あまた》の妃嬪《ひひん》らが生活をしている。

その一画に件《くだん》の神泉があるということは父から聞いて知っていたが、巫女姫が宮城の一画に居室を賜《たまわ》るということは初耳だった。

ならば杏珠はこれから、王の妃嬪たちと共に生活をすることとなる。

王宮の最奥《さいおう》、たった一人の王の寵愛《ちようあい》を数多くの女たちが競い合うという後宮で。

「そう……」

父の奇妙な見送りの言葉に、ようやく得心《とくしん》がいった。

芥崔《かいさい》は杏珠《あんじゅ》を王の妃《きさき》として、後宮に送り出すような気分だったのだろう。

(お父様ったら……そんなことあるわけないのに……)

いくら王に見《まみ》える機会があったとしても、杏珠はあくまでも巫女姫《みこひめ》だ。神泉に祈りを捧げることが務めなのだから、王の妃嬪たちと寵を競い合うことはないし、もちろんそのつもりもない。それよりも——。

もうもうと砂煙を上げながら、小石の転がる悪路を進み続ける軒車《くるま》の中から、杏珠は外の風景を眺めた。

長かった冬も終わり、本来ならばすでに、時節は草花が芽吹く頃だが、道端にもその奥に広がる田園にも、緑の色は少ない。

もともと漣捷国《れんしょうこく》は雨が少ない国だが、今年は特に少なく、国土は渇ききっていた。

かつては碧《みどり》の大河《たいが》と謳《うた》われた西州随一の河川——紅龍川《こうりゅうがわ》も、例年に比べ水位がかなり下がっている。

このままでは、今年は無事に田植えの季節を迎えられるかどうかも危うかった。

(だから『神泉《しんせん》の巫女姫』が選定されたのだわ……)

その役が自分に務まるのかと問われれば不安を拭《ぬぐ》えないが、こと巫女姫の役割に関しては、杏珠はしっかりと認識していたし、でき得る限りお役を全《まっと》うしたいとも考えていた。

故に自《おの》ずと、侍従を名乗ったはす向かいに座る青年にも、自分の今後の生活に関することよりも、お役に関することを尋ねてみたくなる。

「それで私は、その神泉でこれから何をするのでしょうか？」

しかし杏珠の期待に反して、青年から返って来た言葉は、あまりにも素っ気ないものだった。

「さあ」

「……さあ？」

李安《りあん》と名乗ったその青年は、女性と見紛《みまが》うほどに美しい顔をしている。どうやら後宮で働くために男であることを捨てた宦官《かんがん》らしいが、冴《さ》え冴《ざ》えとした美貌故に表情に乏しい。

淡々と自己紹介をした時と同様、杏珠の問いかけにも僅か一言を返して首を捻《ひね》ったのみで、後は手にしていた巻子《かんす》に視線を戻した。

ガラガラと悪路を走る車輪の音だけが、軒車内に響く。

微妙な空気を察して、顔を真っ赤にしながらも口を開いたのは桜花《おうか》だった。

「お祈りをするのだと聞いています。真心を込めて、神泉に祈りを捧《ささ》ぐのだと！」

「……そうですね」

自分自身が子供の頃に聞いた御伽噺を思い出し、杏珠は桜花に笑いかけた。恥ずかしげにはにかみながらも、桜花もまた笑顔を返してくれる。

噂《うわさ》にしか聞いたことのない都の、それも宮城で、詳しいしきたりも分からないこれからの日々に不安ばかりが募る杏珠《あんじゅ》だったが、宮女として仕えてくれるのが桜花《おうか》のような少女で良かったと思った。

主として接する術はよく分からないが、友人にはすぐになれるだろう。

それに対し、二人の少女の会話もまったく耳に入らない様子で、無心に巻子《かんす》を読み続けている李安《りあん》。彼と打ち解けるのはかなり難しいように思われる。

小石や段差の多い悪路のせいで、なかなか軽快に前に進めない軒車《くるま》と同様、『巫女姫《みこひめ》』としての自分のこれからが、杏珠はかなり先行き不安だった。


漣捷国《れんしょうこく》の首都――暁安《ぎょうあん》は、東西南北に碁盤《ごばん》の目のように大路小路が伸びる街市で、北方には楚峰山《そほうざん》という山が聳《そび》え立《た》つ。故に王が住まう巨大な宮城は、その山の裾野を背にして、大きく左右に広がっていた。

宮城は外殿と内殿に分かれており、百官が出入りする朝廷として使われているのが外殿。王やその妃嬪たちが住まう宮が点在しているのが、内殿である。

その間に設けられた広大な園林《ていえん》が禁園であり、その禁園の中に、件《くだん》の神泉《しんせん》はあった。

長旅の末にようやく暁安へと辿《たど》り着《つ》き、真っ先に宮城に案内された杏珠は、彼女に与えられた露翔宮《ろしょうきゅう》へと向かう前に、まず神泉《しんせん》を一目見てみたいと言い出した。

朱色に塗られた太い柱が連なる回廊を、厳粛な面持ちで先導して歩いていた李安は、この上なく嫌な顔で杏珠をふり返った。

「だって、この近くにあるのでしょう？」

「はい。しかしですね……」

「ね、お願い。お願いします！」

李安は渋ったが、杏珠の情熱に負け、結局は彼女を園林まで案内した。

旅の間にすっかり杏珠と打ち解けた桜花も、ニコニコと笑みながら二人の後をついて来る。

「こちらが、『神泉』です」

「………これが？」

李安に指し示された場所に視線を落として、杏珠は我知らず疑惑の声を上げた。

そんな彼女に、李安は冷たい一瞥《いちべつ》をくれる。

「そうです。これが伝説に謳《うた》われている神泉です。………ずいぶん不服そうですね……いったい何を期待してらっしゃったんですか？」

「いえ……その……」

呆《あき》れたように尋ねられて、あからさまに驚いた顔をしたことが恥ずかしくなる。杏珠は慌てて神泉の畔《ほとり》にしゃがみ込んだ。

正直に胸の内を言えば、その泉の様相は、旅の間、杏珠が頭の中で想像していたものとはまるで異なっていた。

杏珠《あんじゅ》は勝手に、色とりどりの花々が咲き乱れ、蝶《ちょう》が舞い小鳥が囀《さえず》る、まるで桃源郷の如き場所を想像していたのだが、今彼女の目の前にあるのは、泉とは名ばかりの小さな水溜《みずたま》り。

輝く湖面《こめん》も、咲き乱れる蓮花《れんげ》も見当たらない。

石で囲われた泉の縁《ふち》と思《おぼ》しき跡が、現在の水量よりも数十倍は大きいところを見ると、国土と同様雨が少ないせいで今は枯渇《こかつ》しているだけなのかもしれなかったが、それを差し引いても、あまりにも小さかった。

「伝説によれば……ここから天の御使《みつか》いが姿を現すのですよね？」

確認のつもりで背後の李安《りあん》に尋ねると、彼の渋面《じゅうめん》が、苦虫を嚙《か》み潰《つぶ》したかのように尚更酷《なおさらひど》くなる。

「ええそうです」

「ここから？」

再度の確認に、李安は大きく肩で息をついて、珍しく杏珠に真正面から指を突き付けた。

「そうですよ。巫女姫《みこひめ》様が首尾よく御使いをお呼び出しになったら、この神泉だってもう少し見栄えも良くなるかもしれません。ですから、せいぜい頑張ってください。それでは私は先に、露翔宮《ろしょうきゅう》へと向かっております」

先程渡って来た回廊《かいろう》のある方へと、踵《きびす》を返した李安を、桜花《おうか》が慌てて呼び止めようとする。

「失礼ですよ李安！　巫女姫様に向かってそんな言い方！」

杏珠は首を振って、桜花を制止した。

「いいの！　いいのよ桜花。私の方こそ、何も知らなくてごめんなさい李安！　それから、長旅で疲れているのにこんな所までつき合わせて……桜花、あなたにもごめんなさい」

大きな声で謝辞を述べ、深々と頭を下げた杏珠を、李安はわざわざ足を止めてふり返った。けれど何も言葉は返さず、表情も変えず、再び歩き始める。

続いて杏珠に頭を下げられた桜花は、すっかり恐縮してしまい、杏珠の手を両手で握りしめながらふるふると何度も首を横に振った。

「いいえ。私のことはどうぞお気になさらないでください」

それでもやはり杏珠は桜花に申し訳ないと思い、先に宮《みや》に戻って荷解《にほど》きを始めておくことを頼んだ。

お傍《そば》についておりますと桜花は数回くり返したが、杏珠にはここで一人になって、これからのことをゆっくり考えてみたいという思いもあった。

故に、なるべく早くお戻りくださいと言い残した桜花が、露翔宮のあるという方角を教え、その場からいなくなっても、まだ泉の畔《ほとり》にしゃがみ込んでいた。

心許《こころもと》なげな水面を眺めていると、暁安《ぎょうあん》に来るまでの道中、軒車《くるま》で通った様々な邑《むら》や里《さと》が思い出される。

杏珠《あんじゅ》が暮らしていた西州《せいしゅう》と同様、どこの景色も埃《ほこり》っぽくて、くすんだ色をしていた。

漣捷国《れんしょうこく》は雨さえ豊富ならば、気候も穏やかで作物も良く実るし、玉《ぎょく》や鉱物も採れるし、もっと豊かな国のはずだ。

石を切り出して作ったこの宮殿の意匠《いしょう》も、今より更に光り輝いて見えるはず。

なのに何もかもが色褪《いろあ》せ、人々の生活はあまり裕福とは言えない。

——ただひとえに雨が少ないために。

どういった基準で自分が『神泉の巫女姫《しんせんのみこひめ》』に選ばれたのか、杏珠にはまだ得心がいかない。

しかしながら、どうやら『神泉の巫女姫』が担っている役目は、彼女が思っていた以上に大きく重要なもののようだ。

この神泉に真摯に祈りを捧げ、一刻も早く天の御使いを呼び出し、国土に雨を降らせなければならない。

そのような大事が本当に自分にできるのだろうかと心細く思いながら、杏珠は更に泉の水面をのぞき込んだ。

群青色《ぐんじょういろ》の前髪の間から、星形の御印《みしるし》が姿を現す。

この刻印が額《ひたい》に現れてからというもの、幾度となくそうしたように、指先でそっと撫でていると、背後から柔らかい声がした。

「やあ……待たせたかな？　愛《いと》しい人。それとも私に早く会いたくて、あなたの方が時間よりも早く来ていたの？」

耳をくすぐるような甘い言葉と同時に、大きく広げた腕の中に背中から抱き締められる。

ふわりと香った薫風《くんぷう》は背後の人物が焚《た》き染《し》めている香の香りだろうか。甘くて深い。胸に大きく吸い込むと酩酊《めいてい》感を覚える。

その香りに気を引かれていて、杏珠は自分が誰かに抱き締められているという状況を、あまりよく理解していなかった。

しかし次の瞬間、否応《いやおう》なくその事実を思い知らされる。

杏珠の胸元で重ねられていた手が、彼女の了解を取ることもなく無遠慮に、襟《えり》の合わせ目から衣の中に入って来たのだ。

「――――！」

声も出せず息を呑む杏珠の背後で、その何者かが訝《いぶか》しげに呟《つぶや》く。

「おや？　少し痩せたの？　胸の膨《ふく》らみが心許ない……」

杏珠の頬《ほお》にカアッと朱が上った。

怒りと恥ずかしさに任せて瞬時に体を反転させ、背後の人物に向かって手を振り上げる。

誰かに向かって手を上げたことなど、これが生まれて初めての経験だったが、どうやら上手《うま》くいったらしい。

パーンと派手な音が園林《ていえん》中に鳴り響き、杏珠の後ろに居た人物は体の均衡を失って、地面にペタンと尻餅をついた。

できることなら今すぐにでも、その場所から逃げ出してしまいたかったが、誰にも触れさせたことがない素肌に手を這《は》わされたばかりか、謂《い》われない中傷を受けたことがあまりに腹立たしくて、杏珠《あんじゅ》はその場に立ち上がり、足元に転がった人物を睨《にら》み据《す》えた。

「し、失礼にもほどがあります！　初対面の相手にいきなり！」

啖呵《たんか》を切ることに慣れていなかったせいで、大迫力の非難とまではいかなかったが、途中で言葉に詰まってしまったのには、他にも訳《わけ》がある。

目に涙を滲《にじ》ませながら睨《にら》みつける杏珠を、驚いたように見上げる眼下の人物が、あまりにも美しい容貌をしていたのだ。

頭の高い位置で髪紐《かみひも》によって結わえられた銀髪《ぎんぱつ》は、絹のように滑《すべ》らかで、サラサラと音をたてるかのごとく肩から背中へと流れ落ちる。

驚きに見開かれた瞳は碧玉《へきぎょく》のような瑠璃《るり》色で、見ているだけで吸い込まれてしまいそうだった。

杏珠に叩《たた》かれてほんのりと赤くなった頬《ほお》以外は、どこも透き通るように色白で、どちらかと言えば華奢《きゃしゃ》な体躯《たいく》と相まって女性のようにも見える。

しかし耳元でしっかりと声を聞き、とても女性とは思えない大きさの手で胸元を探られた杏珠には、その人物が男に違いないということが嫌と言うほどにわかっている。

呆然《ぼうぜん》自失といった態で、しばらく杏珠《あんじゅ》の顔を眺めていたその人物が、やおら手を伸ばし、杏珠の腕を引いた。

細身の体からは想像もつかない強さで腕を引かれ、杏珠は体の均衡を崩し、その人物の前に倒れ込んだ。

純白の袴《はかま》に包まれた長い足の間に、挟まれるようにして座り込む。

長くしなやかな指が杏珠の額《ひたい》に伸び、群青色《ぐんじょういろ》の前髪をかき上げた。

「まさか……？」

驚きに見開かれた双眸《そうぼう》の先にあるはずの物を思い出して、杏珠が身じろぎする。

額《ひたい》に燦然《さんぜん》と輝く星印——巫女姫《みこひめ》の御印《みしるし》。

「………巫女姫？」

「あの……」

そうだと頷《うなず》いていいはずなのに躊躇《ちゅうちょ》してしまう。それは杏珠が己の力量に不安を感じているからであったし、目の前の人物が何者なのか判断がつかなかったからだ。

李安と同じように後宮で働くことを生業《なりわい》としている侍従ならば、揃《そろ》いの宦官帽を被り、宦官服を着ているはず。

しかし目の前の男が袖を通しているのは、明らかに仕立ての良い絹の長袍《ちょうほう》だ。袖の幅もたっぷりと広く、かなり身分が高いことを窺《うかが》わせる。

ここが後宮に隣接する禁園《きんえん》である以上、本来ならば男子禁制のはずだが、神泉《しんせん》の畔《ほとり》なだけに、この人物が黙って忍び込んだ不埒者《ふらちもの》なのか、元々ここに居ていい人物なのか判断がつかない。先程宮城《きゅうじょう》に着いたばかりの杏珠には、まだまだわからないことの方が多すぎた。

「名前は？」

不意に問いかけられて、自分がまだ満足に返事をしていなかったことに気が付く。

「旺《おう》……杏珠です……」

勝手に自分の胸元を探った不埒者《ふらちもの》に、義理堅く返事をしている自分の反応が、かなりおかしなことは杏珠にもわかっている。

しかし男の脚の間に座り込んで、腕を引かれている状態では、逃げようにも逃げ場がない。早く解放して貰《もら》うためにと、回答を急《せ》いだ杏珠の名を、琴の音色にも似た澄んだ声がゆっくりともう一度くり返した。

「杏珠……」

不思議と杏珠の胸がトクリと鳴った。

眩《まばゆ》いばかりの美貌をあまりにも近距離から見てしまったせいかもしれないし、彼女の名前を呼んだ声が、親愛の情を込めた優しげなものに聞こえたからかもしれない。

ともあれ真剣に注がれる眼差《まなざ》しと、男から薫る芳《かんば》しい香りに、杏珠が放心したような心持ちになった時、長い指が再び彼女の額に伸ばされた。

「神泉《しんせん》の言い伝えなんて古い昔話だよ。巫女姫《みこひめ》がいくら祈ったって、奇蹟《きせき》は起こらない……」

「え？」

思いがけない言葉に杏珠《あんじゅ》が瞳を瞬いた瞬間、額の御印を指でピンと弾かれる。

「いたっ！」

慌てて両手で額を押さえる杏珠をそのままに、男はその場に立ち上がった。

腰を下ろしている時には杏珠とそれほど変わらぬ目線の高さだったのに、立つと中々に上背があり、頭上から見下ろす視線の威圧感はかなりのものだ。

「無駄なことはやめて、早くお家《うち》にお帰り」

妖艶《ようえん》と評してもいいほどの微笑を向けられ、杏珠の思考も体の動作も、全てが一瞬停止した。

しかしそれはあくまで一瞬のこと。

男の言葉から、どうやら自分が子ども扱いされたらしいことを感じ取ると、杏珠は毅然《きぜん》と顔を上げ、負けじとその場に立ち上がった。

確かに男の胸ほどまでしか背丈はないが、木製の沓《くつ》を履かせてもらっていたのをいいことに、爪先立《つまさきだ》ちになる。僅《わず》かでも背を高く見せようと胸を反らした。

「無駄かどうかはまだわかりません！　やってみないことには……」

「無駄だよ」

皆まで言い終わる前に、一言で切って捨てられた。

男は美麗《びれい》な面に、一見すると温和な笑みを浮かべているようだが、よくよく見るとその瑠璃の瞳は少しも笑ってなどいない。

寧《むし》ろ他人の介入を拒むかのような、冴《さ》え冴《ざ》えとした輝きを放っていた。

「時間の無駄、労力の無駄だ。それとも、後宮のほうに興味があるんなら、一度家に帰って、もう二、三年してから来たほうがいいんじゃないかな？　いくら陛下が変わり者の好色家でも、さすがに君みたいな小さな子には……」

聞き分けのない子供を宥《なだ》めようとするかのように、頭の上にかざされようとした大きな手を、杏珠は手で払《はら》い除《の》けた。

「私は十六歳です！　しようと思えば、今すぐ結婚だってできます！　それに後宮に入るためにここに来たのではありません！『巫女姫』として精一杯勤めを果たしたいと思って……それりゃあ私じゃ力不足かもしれないけど、選ばれたからにはちゃんと……！」

大きな声で宣言しているうちに、眦《まなじり》にじわりと涙が浮かんできた。あまりにも感情が昂《たか》ぶり過ぎたせいかもしれない。

故郷を遠く離れて心細い気持ちも、お役を全《まっと》うできるのかと不安に思う気持ちも、全てを使命感で必死に誤魔化《ごまか》して、杏珠はここまで来た。

それなのに、始める前から何もかも無駄な努力だと一笑に付されれば、これまで気丈に振る舞っていた気持ちの方まで、折れてしまいそうになる。

言葉に詰まり、そのまま深く項垂《うなだ》れた杏珠《あんじゅ》の群青色《ぐんじょう》の頭を、大きな手が撫《な》でた。

否定的な言葉と冷たい印象の瞳に反して、その手だけは真に温かかった。

「そうか。それは失礼なことを言ってしまった。すまない……『巫女姫《みこひめ》』なんてしょせんは言い伝えに過ぎないと高を括《くく》って、額に御印が現れたのをいいことに、国王陛下の妃《きさき》に選ばれたような気持ちで、浮かれてここまでやって来る娘が多くてね……てっきり君も、年端もいかないのに親に無理強いでもされたのかと思った」

あまりにも当を得た指摘に、杏珠は内心ドキリとした。

もちろん杏珠自身は、決してそういったいい加減な気持ちでここまで来たわけではない。わけではないが、送り出してくれた父の心境は、おそらく今、目の前の男が語ったものと一言一句違わないだろう。

興奮気味に杏珠を見送ってくれた姿が、今も目を閉じればすぐに思い出される。

「違います」

父には悪いが、ここはきっぱりと否定させてもらう。

「私は本当に、漣捷国《れんしょうこく》に雨を降らせるために、神泉に真摯に祈りを……！」

「真摯に、か……」

杏珠の言葉を嚙《か》みしめるようにもう一度くり返しながら、男はやおら彼女に背中を向けた。

紫紺《しこん》の長袍《ちょうほう》の背中部分に、金糸《きんし》銀糸《ぎんし》で刺繡《ししゅう》されているのは、見事な昇り竜。

しかしその姿を隠すかのように、風に揺れた長い銀髪が、男の広い背中を覆う。

「ならば逆に、やはり君は家に帰った方がいい」

「どうして？」

追《お》い縋《すが》るかのような杏珠の叫びにも、もう男はふり返らなかった。

そのまま神泉の反対側の畔《ほとり》へと、園林《ていえん》を突っ切るようにして歩き出す。

「君が真剣であろうとなかろうと、一切関係なく、奇蹟など決して起きないからだよ」

まるで何かに絶望するように。それでいて忌々しげに。

呟かれた言葉はあまりに小さすぎて、途中で風に攫《さら》われてしまい、杏珠の耳までは届かなかった。

代わりに男の服からか体からか、薫《かお》った独特の深みのある香りだけが、いつまでも杏珠の鼻をくすぐる。それは忘れようとしても忘れられなくなってしまいそうな、なんとも馥郁《ふくいく》とした香りだった。

「待たせたかしら？」

対岸の木の陰から美しい女性が現れ、歩み寄った男に手を伸ばす。

「そうでもないよ」

言うが早いか女性を引き寄せ、男はその細腰をしっかりと抱きしめた。

泉の反対側で一部始終を見ている杏珠は、すっかり焦《あせ》ってしまい、あたふたとこの場を立ち去ろうとしているのに、向こう側の二人は全く杏珠《あんじゅ》の存在を気にしていない。

何事かを囁《ささや》きあいながら、頬《ほお》に額《ひたい》に唇に口づけを交わし合っている。それが妙に腹立たしい。

「最低！」

この場所に現れた時に杏珠と誰かを間違ったことから、男がここで誰かと待ち合わせていることは分かっていた。

分かってはいたが、その相手がまさかあれほどの美女だとは思わなかった。

後宮に住む女でも、たとえば妃に仕える侍女ならば、ここで密会していたとしてもそう重い罪にはならないだろうが、服装から見るにどうやら相手は身分の高い女性だ。

宮女《きゅうじょ》か、下手をすると王の妃嬪《ひひん》の誰かかもしれない。

いくら数多《あまた》の妻を娶《めと》っているとは言っても、妃嬪はすべて王の妻だ。姦通《かんつう》は重罪に当たる。ことは王に対する裏切り行為だというのに、悪びれない態度。杏珠が見ているというのに全く隠そうともしない図太さ。加えて、杏珠の希望を根本から打ち砕くかのような先程の暴言。

杏珠の中で怒りの針が振り切れた。

「本当に最っ低！」

男の姿かたちの美しさと物腰の柔らかさに、ついつい胸ときめかせてしまった自分を全否定して、杏珠は泉の向こうの男女に背を向けた。

背後から恋人たちの睦《むつ》みあいの声が聞こえなくなるまで、杏珠はただ闇雲に園林《ていえん》内を歩き回り、お蔭《かげ》でどこに行ったらいいのだかが完全に分からなくなった。

先程、李安《りあん》や桜花《おうか》が渡って行った回廊には、どうやったら辿《たど》り着《つ》けるのだろう。

途方に暮れていると、背後から穏やかな声がかかった。

それはここ数日間ですっかり杏珠の耳にも馴染《なじ》んだ、優しく慎《つつ》ましやかな声だった。

「そろそろ露翔宮《ろしょうきゅう》にお越しいただけませんか？　巫女姫様。皆首を長くして待っております。美味《おい》しいお茶のご準備もできましたよ」

おそらくあの柔和な笑顔を浮かべているだろう桜花を、杏珠は安堵《あんど》の思いでふり返った。

悔しいのだか腹立たしいのだかよく分からない感情で、すっかり荒れていた気持ちが、桜花の顔を見るとスッと穏やかになる。

癒《いや》されると言うのは、こういうことを言うのだろうなと杏珠は思う。

「『巫女姫』様なんて呼ばれると照れ臭いので……名前で呼んでください、桜花」

「あ……そうでした。以前からそう仰《おっしゃ》ってたんでしたね……桜花がうっかりしておりました。申し訳ありません」

「う、ううん。そんなにかしこまらなくていいの。ただ桜花とはもっと仲良くなりたいだけ」

杏珠が照れたように両手を振ると、桜花はますます優しげな笑顔になった。その笑顔が好きだと杏珠《あんじゅ》は思った。

年齢は桜花《おうか》のほうが杏珠より二つ上だが、小柄であどけない雰囲気のため、彼女はともすれば稚《いとけな》い少女のようにも見える。

しかし内面は、年相応に落ち着きがあり、よく気配りもできる宮女だ。

杏珠がどこか沈んだふうなのを感じ取ってくれているのか、常より明るい声で、朗らかに杏珠の手を取る。

「私も杏珠様とはもっと仲良くなりたいです。宮《みや》には美味《おい》しい焼き菓子もございますよ。珍しい南方の果物もあります。明日は巫女《みこ》姫《ひめ》着任の儀がありますから、朝から支度《したく》で大忙しですが、今日はもう露翔宮《ろしょうきゅう》でゆっくり過ごしていいと、陛下から宣下《せんげ》もございましたので……」

「そう……」

ホッと安堵の息をついた杏珠は、桜花に手を引かれるまま、そろそろとその場から歩き出した。

役目の重さに落ち込み。見知らぬ男に抱き締められ。果てはその男の密会の現場を目撃してしまい。様々なことがあった神泉《しんせん》の畔《ほとり》から、ようやく一歩を踏み出せたような気分だった。

「こちらの園林《ていえん》もたいへん見事ですが、露翔宮だって負けてはおりませんよ。私と李安《りあん》が巫女姫様……ではなくて、杏珠様をお迎えに行っている間に、他の宮女たちがこぞって手入れをしたのですから」

「そう」

朱塗りの太い柱が続く回廊《かいろう》を静々と歩きながら、桜花はこれから向かう露翔宮について得意げに語る。

どれほど美しいのか。どれほど見事なのか。

田舎暮らしの杏珠にとっては、回廊の瓦屋根から下がる提燈《ちょうちん》の透かし彫りでさえ、その意匠の見事さに見入るばかりだった。

歩きながら、桜花が指し示す方向に順に視線を廻《めぐ》らせば、改めてここは、これまで自分が生きてきた世界とは全く違うのだと思い知らされる。

二人が歩いている回廊には、四角く切り出した平らな石が隙間なく敷き詰められ、見事な石畳を形作っている。それは庇屋根《ひさしやね》の終わりと共に分岐し、園林《ていえん》の中に点在するいくつもの宮へと続いているという。

それぞれの宮へと向かう途《みち》の端には、石造りの椅子と卓子《つくえ》が備えられた亭が設けられ、築山の向こうにはまた趣きの異なる園亭《あずまや》が見える。

池に架かるのは半月を模《かたど》った優美な橋。水際には水楼《すいろう》。それらを見渡す高い望楼《ぼうろう》から、橋の欄干《らんかん》に至るまで、全てが鮮やかな色で彩色され、金や玉《ぎょく》で装飾されていた。

どれもこれもが目を瞠《みは》るほどの豪奢《ごうしゃ》さだ。

しかしそれらを見ているうちに、杏珠はふと、そこに何かが足りないことに気が付いた。

それは言うまでもなく、木々や草花の瑞々《みずみず》しい姿であり、咲き誇る大輪の花々の鮮やかな色彩に他ならない。

この国の雨の少なさは、人々の生活を困窮させているばかりでなく、華々しいはずの後宮の威光にも翳《かげ》りを落としている。

そのことを胸に強く刻みながら、杏珠《あんじゅ》は露翔宮《ろしょうきゅう》への途を進んだ。


杏珠が宮城《きゅうじょう》で生活するにあたり、神泉《しんせん》に一番近いという理由で準備された露翔宮は、宮城内に数ある離宮の中の一つだった。歴代の巫女姫《みこひめ》たちもまた、この宮《みや》を使っていたという。

杏珠が使う房室《へや》としては二つの臥室《しんしつ》と四つの居室《いま》があり、その他にも、彼女の身の回りの世話をする侍女や侍従や宮女らが起居する房室もある。

杏珠がこれまで暮らしていた西州《せいしゅう》の懐かしい我が家とは比べようもなく、数倍も大きい。

自由にここを使っても良いと与えられたことが、杏珠には分不相応に思えてならなかった。

桜花《おうか》の勧めに従い、中庭の見える居室で榻《ながいす》に座り、いい香りのお茶を飲んでいると、程なくして夕食の準備ができたと呼ばれる。

隣の房室に行ってみれば、長い卓子《つくえ》に並びきらないほどの豪勢な食事が並んでいた。

肉を揚げた物、蒸した物、魚の網焼き、詰め物、野菜の煮付け、揚《あ》げ饅頭《まんじゅう》から蒸し菓子まで。

所狭しと並べられていて、杏珠は歓喜した。

「す……ごい！」

ところが共に席に着こうと誘いをかけても、誰も頷《うなず》かない。

桜花は困ったように微笑《ほほえ》んでいるばかりだし、李安《りあん》に至っては「全て巫女姫様のためのお食事ですから」と切って捨てる。

慣れない宮城で、すっかり自信と元気を失っていた杏珠も、さすがにこれには大声を出さずにはいられなかった。

「こんなにいっぱい、一人じゃ無理です！　せっかくのお料理が無駄になるなんてもったいないだけですから、みんなで一緒に食べましょう！　ね！」

始めは渋い顔で固辞《こじ》されるばかりだったが、杏珠の熱意に負け、宮女や侍従も皆、渋々席に着いた。

それでも一番年嵩《としかさ》の宮女――夕蘭《ゆうらん》は、最後まで不満そうだった。

「このようなことは、前代未聞です……」

良い機会だと思い、杏珠は皆と食事を取りながら、これまでの巫女姫たちについて彼女に尋ねてみることにした。

どのようにして神泉《しんせん》に祈りを捧げ、その結果どうだったのか。

しかし夕蘭から返って来た答えは、彼女が半ば予想していた通りのものだった。

「私の知る限りではお三方いらっしゃいました。北方出身の貴族のご令嬢、暁安《ぎょうあん》に住む大商人のお嬢様、東州《とうしゅう》の州府の元女官《もとにょかん》……どの方も熱心にお役に励まれましたが、神泉に変化が現れることはございませんでした」

「そう……」

いくら真摯に祈りを捧げても無駄——神泉の畔《ほとり》で出会った男が語ったことを思い出す。

「それでその方々はどうされたの？」

「ええ。皆さま程なく国王陛下に見初められ、妃嬪《ひひん》となられました」

「やっぱりそうなんだ……」

しかもその後、巫女姫《みこひめ》が揃《そろ》いもそろって王の妃嬪となったのならば、あの男が揶揄《やゆ》していた、後宮に入るのが目的云々《うんぬん》という話も、俄然真実味《がぜんしんじつみ》を増す。

杏珠《あんじゅ》自身にそのつもりはまったく無かったが、周りからすれば、元々それが目的でここまで来たように思われるのも無理のない話だということはわかった。

ほうっとため息をつきながら料理に手を伸ばすと、桜花《おうか》が気を利かせて、小皿に少しずつ取り分けてくれる。

杏珠は笑顔でその皿を受け取った。

「ありがとう桜花」

ふるふると首を振る桜花から、再び夕蘭《ゆうらん》に視線を戻す。

「それで……妃嬪となられた後も、巫女姫のお役に励まれた方はおられなかったの？」

杏珠の何げない問いかけに、李安《りあん》が口にしていた汁物を拭き出さんばかりに咳《せ》き込《こ》んだ。

「な、何？」

驚く杏珠に、夕蘭が言いにくそうに言葉を濁しながらも説明を足してくれる。

「あの……巫女姫様は乙女であることが第一前提ですので、妃嬪となられたからには、その……」

杏珠はハッとして、苦しそうにゴホゴホとむせている李安から視線を逸《そ》らした。

「そ、そうか。そうですね。ハハハ……」

なんとも気まずい乾いた笑い声が居室《いま》に響く。

当然のことながら、王の妻となり純潔を失った時点で、その人物はもう乙女ではない。乙女でなくなった以上は、どうやら巫女姫としての資格もなくなるらしい。

それに思い当たりもしなかった自分を杏珠が激しく悔いていると、その場の妙な空気を取り成すかのように、桜花が微笑みかけてくれた。

「巫女姫様が乙女でなくなられたら、すぐにその額《ひたい》の御印《みしるし》も消えるのだそうですよ。不思議ですね」

「そうなの……？」

杏珠は自分の額にそっと触れてみた。あの雷の夜、突然額に浮かび上がり、杏珠の生活を大きく変えた星印。消える時もまた、突然消失するのか。

「はい。それでまたいつか、どこかに、新しい巫女姫様が誕生するのですわ」

「『神泉《しんせん》の巫女姫《みこひめ》』は常にお一人ですからね」

ようやく平静を取り戻したらしい李安《りあん》が、淡々とした声音で、いつものように簡潔な説明を加える。

「なかにはそれと知らず、ここまで来ないままに任を離れた巫女姫さまもいらっしゃるのではないでしょうか。神泉の伝説など、単なる御伽噺《おとぎばなし》だと思っている方も多いでしょうから。まあ実際奇蹟《きせき》が起こったことはないので、御伽噺には違いないのですが……」

「そう……ですね……」

確かに杏珠《あんじゅ》自身も、自らがこうして御印《みしるし》を戴《いただ》くまでは、本当に巫女姫が存在するのだということさえも知らなかった。

ましてや、これからどうやってお役を果たせばいいのかなど、完全に想像の範疇《はんちゅう》外だ。

それなのに、巫女姫としての責任の大きさばかりが、心に重く圧しかかる。

目の前に並べられた料理はどれもおいしく、共にそれを囲んだ従者たちは皆気のいい者たちばかりだったが、杏珠の食事はあまり進まなかった。

なんとか国土に雨をもたらしたいという思いは大きいが、果たしてその大役が自分に務まるのだろうかと思うと、せっかくの料理の味がよくわからない。

不安なまま寝る準備をし、臥室《しんしつ》の牀榻《しんだい》に入ったので、杏珠はその夜はなかなか寝付くことができなかった。

螺鈿《らでん》細工を施された豪華な牀榻の上に準備されていたのが、更に絹の衾褥《ふとん》で、落ち着かなかったというのも原因の一つではある。

結果、臥室の隅に置かれた榻《ながいす》の上で丸くなり、明け方近くになってようやくうつらうつらとし始めたのだが、その寝入《ねい》り端《ばな》を、銅鑼《どら》の鳴り響く音で叩《たた》き起《お》こされた。

「な、何？　何っ？」

普段はたとえどんなことがあろうとも、自分が寝たいだけ寝なければ決して目を覚まさない杏珠であったが、さすがに慣れない場所で耳慣れない大音《だいおん》を耳にすれば、飛び起きずにはいられない。

打ち鳴らされる銅鑼の音に混じり、臥室の前を忙しげに行きかう足音も聞こえる。

中庭に面した窓はまだ薄暗く、夜も明けていないと思われるのだが、もしや何かあったのだろうか。

警戒しながら榻から起き上がったところに、侍女を連れた桜花《おうか》が入って来た。

「よかった。起きていただけたんですね、杏珠様！」

「起きたというか……起こされたというか……起きていたというか……」

まだ寝ぼけ眼の杏珠をその場に立たせ、侍女たちが寝間着から部屋着へと着せ替え始める。

「今日はちょっといつもより早いのですが、もう朝食の準備が出来ています。急がないといけませんので、どうぞこちらへ」

瞬く間に衣装を替えられた杏珠《あんじゅ》は桜花《おうか》に手を引かれ、昨日夕食を取った居室《いま》へと案内された。居室の隅には火の灯《とも》った燭台《しょくだい》があり、今がまだ夜が明けきっていない時刻であることを如実に物語る。

「おはようございます、巫女姫様」

いつもの宦官《かんがん》服に宦官帽を被った李安《りあん》が、すでに居室に控えていて、相変わらず表情のない顔で杏珠に挨拶した。

昨晩床《とこ》に就《つ》いたのは、絶対に杏珠より遅い時間だったはずなのに、その普段通りの様子に驚かずにはいられない。

「本日はいよいよ就任の儀。巫女姫様の晴れの舞台でございます。つきましてはただ今から、天の御使《みつか》いも思わず姿を現してしまいそうなほどの絶世の美女を、仕立て上げなければなりません。ですので是非、すぐにでも朝食をお済ませください」

「絶世の美女……？　仕立て上げるって……」

「もちろん杏珠様のことです。ああ、でもご心配には及びません。いくら努力しても力が足りないことは誰にでもあるものですし、その力不足をお責めするつもりは毛頭《もうとう》ございません。ですが大礼《たいれい》に列席されました国王陛下が、失意のあまり本日の政務を放り出したくなるような事態だけは絶対に避けなければなりませんので。私たちども侍従の忠誠心にかけても……！」

いつも通りの無表情で淡々と語り続ける李安に対して、怒りを爆発させないように耐え続けるのは、並大抵の苦労ではなかった。

寝惚《ねぼ》け眼《まなこ》だった杏珠の視界は一気に晴れたし、頭も急速に覚醒した。

（力不足って……失意のあまりって……！）

一見、形だけの礼は取っているようだが、慇懃無礼《いんぎんぶれい》極まりない。

杏珠は肩を震わせながらも席に着き、怒りのあまり味もよくわからない朝食を、一通りお腹《なか》の中に詰め込んだ。

（なんだかあんまりだわ……）

杏珠としても、李安に胸を張って反論ができるほど、自分の素材がいいとは思っていない。

口論をしたとして、李安を言い負かすことができるとも。

なので仕方なく、余計な争いの元になるかもしれない怒りは胸の中に封じ込めて、黙ったまま言われる通りに食事を済ませた。

食事の最後のお茶を杏珠が飲み干した瞬間、李安は目線だけで桜花に指示を出し、背後に控えていた桜花は実に申し訳なさそうに再び杏珠の手を取った。

「それでは臥室《しんしつ》に戻りましょう。今度は儀式に臨《のぞ》むための大礼服《だいれいふく》へとお召し変えです」

杏珠は最早《もはや》ため息も出なかった。

全ての準備が整うまでにはかなりの時間を要した。

顔ばかりか首や手にも、目に見える部分には全て白粉《おしろい》を塗られ、その上に細かな金粉《きんぷん》を散らされる。

「どうです？　神々しいでしょう？」

侍女たちに化粧の指示をしている夕蘭《ゆうらん》はかなり得意げだが、キラキラと光る自分の手の甲《こう》を見ながら、杏珠《あんじゅ》には「はあ」と気のない返事しかできない。

元より人前に出る時でも化粧などは滅多《めった》にせず、素顔を晒《さら》すことのほうが多かった。

年頃の娘がそんなことではと、父が贈ってくれた化粧箱は、実家の臥室の隅の机案《つくえ》の抽斗《ひきだし》の中で、未《いま》だ使われることなく眠っている。

「巫女姫《みこひめ》様……いえ、杏珠様は、たいへんきめ細かくて美しい肌をしてらっしゃいます。本来なら白粉もいらないくらいですわ」

「………そう？」

杏珠があまり乗り気でないことを、夕蘭は察したのだろう。やおら机案の上にあった手鏡を取り上げ、杏珠へと差し出した。

「ご覧になってみてください。どうです？」

恐る恐る杏珠が覗《のぞ》き込《こ》んだ手鏡の中には、見たこともない少女が映っていた。

いやよくよく見れば、目の形や鼻梁《びりょう》の高さなど杏珠自身には違いないのだが、自分の目から見ても、別人のようだと思わずにはいられない。

優美な三日月形に描かれた眉。艶《あで》やかな紅《べに》を引かれた唇。朱色の頬紅によってほんのりと頬を染めたように見える面《おもて》。額の星印にさえもそれを際立たせるかのように、金で螺鈿《らでん》が施されていた。

群青色《ぐんじょう》の長い髪は、根こそぎ抜けんばかりに櫛削《くしけず》られ、幾つもの輪を作って優美に結い上げられている。

そうして出来た髷《まげ》には、金や銀の歩揺《ほよう》が所狭しと挿《さ》されており、杏珠が軽く頭を振ると、しゃらしゃらと涼やかな音を奏でた。

玉の入った簪《かんざし》。珊瑚《さんご》や真珠の髪飾り。かなり貴重なはずの生花《せいか》。それらが惜しげもなく杏珠の頭に盛られ、少し首を捻《ひね》ればそれだけで筋《すじ》を違えてしまいそうだ。

（凄《すご》い……でも重い……）

両耳には耳墜《みみかざり》。首には連珠《れんじゅ》の首飾り。腕輪に指輪。装飾品だけでもかなりの重装備であるのに、当然ながらこの上、普段以上の枚数の衣《ころも》も着なければならない。

臥室《しんしつ》の中央に立って、侍女たちのされるがまま、次々と衣を重ねられていく間、杏珠《あんじゅ》は立っているだけで必死だった。

素肌の上に直接着る内衣《うちごろも》の上に、淡い色の長衫《ちょうさん》。下には床に引《ひ》き摺《ず》るほどの長裙《ちょうくん》。その上に長襦《ちょうじゅ》。さらに袖の広がった上襦《じょうじゅ》。そのそれぞれに精緻な刺繍《ししゅう》が施されており、袖口や合わせ襟《えり》には幅広の飾り帯が縫い取られ、かなりの重量がある。

(重い……)

昨夜の寝不足が祟《たた》り、全てが完全に出来上がるまでの間に、杏珠《あんじゅ》は数回意識を失いかけたが、支えてくれる桜花《おうか》のお蔭《かげ》で事なきを得た。

「大丈夫ですか？　杏珠様」

「ええ。大丈夫よ」

この後、太廟《たいびょう》で行われる儀式の間も、桜花に傍《そば》についていて欲しいと切に願わずにはいられない。

しかし巫女《みこ》姫《ひめ》就任の儀は、十年に一度あるかないかの大礼《たいれい》である。一介の宮女に過ぎない桜花が式に参列できるはずもなく、李安《りあん》にさえも太廟《たいびょう》前の広場の大門の所で深々と立礼されて見送られた。

杏珠はまさに、見も知らない世界にたった一人放り出されたような心持ちで、広場へと足を踏み入れた。

二歩進んだ瞬間、居並ぶ朝廷の権力者たちと、後宮の大華たる妃嬪《ひひん》たちの視線を一身に浴び、杏珠《あんじゅ》の足はもうそれ以上一歩たりとも前に進めなくなった。

杏珠が粛々としてこれから歩むはずの行路には緋色《ひいろ》の毛氈《もうせん》が敷かれ、左に忠臣たち、右に妃嬪たちが列を作っている。

杏珠同様、煌《きら》びやかな衣装と装飾品で着飾った妃嬪たちは、紗《うすぎぬ》で顔を隠しているが、巫女姫《みこひめ》である杏珠にはその紗が無い。

左側から寄せられる数多《あまた》の忠臣たちの好奇心の目もさることながら、右側の妃嬪たちの紗越しの視線が、杏珠の全身に突き刺さった。

「ほう……これはなかなか」

「うむ、いいではないか……」

「……たいしたことないわ」

「そうね。私のほうがよほど美しい……」

あからさまな批評の声が、前後左右から波のように押し寄せ、耳ではなく杏珠の頭の中に直接響く。

巫女姫としての技量を測られているというよりは、夕蘭《ゆうらん》たちが尽力してくれたおかげで少しは見栄えが良くなった容姿にばかり注目されているようで、恥ずかしくも腹立たしい。

（私はここに、綺麗《きれい》に着飾った姿を見てもらいに来たのではないわ……そう、これから巫女姫として、神泉に仕える誓いを立てに来たのだもの……！）

自分の為《な》すべきことを思い出したお蔭で、昂ぶっていた感情もスッと冷静になり、杏珠《あんじゅ》はようやくもう一度足を踏み出すことができた。

絹の沓《くつ》で毛氈を撫でるようにして一歩前に進む毎《ごと》に、しゃらしゃらと髷《まげ》に挿した歩揺が鳴る。数えきれないほどの装飾品も、重ねた衣も、やはり頭や肩に重く、その重さがそのまま、巫女姫としての責任の重さのようにも感じた。

厳粛な面持ちで杏珠が太廟《たいびょう》の扉の前に立つと、扉が音もなく左右に開かれる。

三礼した末に中に足を踏み入れると、背後で再び重々しく扉が閉じられる気配がした。

己の爪先に視線を向けたまま静々《しずしず》と、廟《びょう》の中央に設けられた巨大な香炉《こうろ》まで進み、正面に祀《まつ》られているはずの天帝の像に向かって跪《ひざまず》く。

先に太廟内に待機していたはずの王が、これから天帝に代わって杏珠に巫女姫の宣《せん》を下したならば、杏珠は床に額《ぬか》づいて叩頭《こうとう》する。

それで新しい『神泉の巫女姫』が誕生となる手順だった。

（大丈夫。何も間違ってはいないわ）

暁安《ぎょうあん》に着くまでの間、何度も李安に練習させられたとおりに、杏珠は優雅に歩き、決められた場所で床に膝をついた。

衣擦《きぬず》れの音と共に何者かが杏珠《あんじゅ》に近付き、頭上から厳《おごそ》かな声が降って来る。

「旺《おう》杏珠。天宣により、これより汝《なんじ》を神泉に仕える巫女姫《みこひめ》に任命する。真摯に泉に祈りを捧げ、天の御心《みこころ》に添うよう努め、何卒《なにとぞ》この国土に恵みの雨がもたらされるよう、心して励め」

「はい。謹んで拝受仕《はいじゅつかまつ》ります。何事も天の御心のままに……勤めに励みます」

緊張のあまり上擦る声で、杏珠が無事に宣誓の言葉を言い終える。

次いで床に額《ひたい》が付くほどに頭を垂れ、叩頭《こうとう》の体勢になる。髷《まげ》に載せた数多の装飾品がかなりの重量で頭に圧《の》し掛かったが、これが終わればもうその重圧からも解放される。

ホッとした心で杏珠は王が眼前から立ち去る瞬間を待った。

王が杏珠の前から立ち去れば、それを合図に杏珠は面《おもて》を上げる。――その予定だった。

しかし、すでに口上は終わり、床についた杏珠の両手が髷と衣装との重さに耐えかねてピクピクと震えだしても、目の前に見える王の物と思《おぼ》しき沓《くつ》が、歩き出す気配は一向にない。

(え?　ちょっと……)

丸めた背よりも頭の方を低くした体勢の杏珠は、かなり厳しい状態になってきた。

暑い程に着込んでいるというのに、背中に冷たい汗が流れ落ちる。胸の辺りが圧迫されて呼吸がままならない。

(く、苦しい……)

それでも王が歩き去る瞬間を待って、長く平伏《へいふく》しているというのに、目の前の沓はやはりピクリとも動かない。

（あ、ダメかもしれない……）

顔から血の気が引き、視界が暗くなり、体がグラリと横倒しになって倒れる刹那、床に横たわる寸前に何者かが背後から杏珠を抱き止めた。

「いい加減にしろ！　かわいそうに貧血をおこして倒れてしまったじゃないか……お前がさっさと動かないからだろう！」

どこかで聞いたことのあるような声が、国王に向かってかなり不遜《ふそん》な態度で怒っている。そんな状況は有り得ない。

「だってあまりにも可愛《かわい》らしい巫女姫だから、もっと近くで顔を見てみたいと思ったんだ。お前だってそう思うだろ、瑠威《りゅうい》？」

先程、厳かな口調で杏珠を巫女姫に任命した声が、かなり砕《くだ》けた物言いで拗《す》ねたように誰かの名を呼ぶ。

（瑠威……？）

後ろからしっかりと自分をかき抱《いだ》く腕に、どこか既視感を覚えながら、杏珠は意識を手放した。不思議となんの不安もなく、ただ心安らぐようないい香りを嗅いだような気がした。

第二章

「せっかくの晴れ舞台。準備は万端。あんなに何度も練習をくり返したというのに、最後の最後でよくもまあ……」

いつになく怒りをあらわにした李安《りあん》の小言を、杏珠《あんじゅ》は榻《ながいす》で横になったまま聞いていた。

本来なら牀榻《しんだい》で休むべきところなのだろうが、広すぎて逆に落ち着かないと泣きついた杏珠のために、桜花《おうか》が榻に寝床を整えてくれた。

桜花の優しさに甘えながら、今は自分の失敗を反省し、ゆっくりと疲れを癒《いや》したい杏珠だったが、李安がそうさせてはくれない。

太廟内《たいびょうない》で倒れた杏珠が露翔宮《ろしょうきゅう》に運ばれたと聞くや否《いや》や、凄《すさ》まじい勢いで待機していた広場から駆け戻って来た李安は、いつも以上に苦虫を嚙《か》み潰《つぶ》したような顔をしていた。

「ごめんなさい……」

殊勝に謝る杏珠の頭を撫でながら、桜花はキリッと眦《まなじり》を吊《つ》り上《あ》げ、李安に向き直る。

「いいじゃありませんか！　まだ長旅の疲れが抜けておられず、その上緊張の連続で、杏珠様だって止《や》む無《な》くお倒れになったのです。すべては儀式が滞《とどこお》りなく済んだ後のこと。あなたの面目《めんぼく》は潰《つぶ》れておりませんわ！」

まるで杏珠の身を案じているのではなく、自分の保身ばかりが大切であるかのように揶揄《やゆ》されて、李安はムッツリと押し黙った。

言った桜花の方も、そのまま黙り込んでしまい、臥室《しんしつ》にはなんとも気まずい空気が流れる。

二人と出会ったばかりの頃を思い出しながら、杏珠は重い口を開いた。

「いいのよ、桜花。李安はあんなに一生懸命教えてくれたんだもの、がっかりして当然だわ……私だって悔しい」

言葉にしてみると思っていた以上に落ち込んでいる自分に気が付いた。じわりと涙が浮かんでくる。

「杏珠様……」

労《いた》わるように髪を撫でてくれる桜花をこれ以上心配させてしまうのが嫌で、杏珠は胸に掛けていた衾《ふとん》を、頭まで引き上げた。

杏珠の『巫女姫《みこひめ》就任の儀』は無事滞りなく行われた。――と、広場で彼女の帰りを待っていた大方《おおかた》の者には、受け取って貰えなかったことだろう。

宣誓《せんせい》こそ済ませたものの、その後太廟内で倒れてしまった杏珠は、百官《ひゃっかん》や妃嬪《ひひん》らが待つ広場には戻れず、太廟の裏口から密《ひそ》かに退室した。

巫女姫としての第一歩を、無事に踏み出せたとは言い難かった。

前日の寝不足。身に着けた衣装のあまりの重さ。精神的重圧。原因はいろいろ考えられるが、なんと言っても王が眼前からなかなか立ち去ってくれず、面伏《おもふ》せたままの恰好《かっこう》が長く続いたことが、主たる要因だろう。

(なんでさっさと行って下さらなかったのかしら？)

薄れゆく意識の中で、「もっと近くで巫女姫の顔を見てみたかった」などと、王が誰かと話しているのを杏珠《あんじゅ》は聞いたような気がした。

しかしそんなことは有り得ない。

『神泉《しんせん》の巫女姫《みこひめ》』の着任の儀で、太廟《たいびょう》の中に入れるのは巫女姫と王のみ。故にあの場には、杏珠と王しかいなかったはずなのである。

(でも確かに、他にもう一人いたような？)

その誰かに、床に倒れる寸前のところで抱き止められ、その人物と王とが口論している声を聞いたような気がするのだが、今となっては自信がない。

(だいぶ朦朧《もうろう》としてたから、私の幻聴だった……かも？)

それにしては抱き止められた腕の感覚もかなりはっきりとした、妙に生々しい幻覚だった。

どうしてもそれが気になった杏珠は、露翔宮《ろしょうきゅう》まで自分を連れ帰ってくれたのは誰だったのかと、宮女や侍従たちに尋ねてみた。

しかし皆が口を揃《そろ》えて答えたのは、「いつの間にか戻っておられて、気が付いた時には牀榻《しんだい》の上に……」というもの。

杏珠をここまで連れて来てくれた人物の姿は、誰も見ていないらしい。

（こっそりと寝かせていったということは、陛下ではないのだわ……正式にその任に当たるべき人物でもない……じゃあ、いったい誰？）

考えているうちに、次第にまた瞼《まぶた》が重くなってきた。顔や体がやけに熱く感じられるのは、ひょっとすると発熱しているのかもしれない。

「いいんですよ。まずはゆっくりと休まれてください」

頭を撫でてくれる桜花《おうか》の手の感触が心地いい。

「熱冷ましの薬湯《やくとう》……それから何か喉《のど》の通りのいい食べ物を探して来る」

憮然《ぶぜん》とした声で言い残し、臥室《しんしつ》を出て行ったらしい李安《りあん》が、実際にはかなり自分を心配してくれているということも、杏珠は充分承知していた。

巫女姫に選定されてからもう半月以上も、行動を共にしているのだから自《おの》ずとわかるというものだ。

（だから、懸命に教えてくれた李安のためにも、今日の儀式は成功させたかったのに……！）

力不足と体力の限界を悔しく思いながら、杏珠は再び眠りに落ちた。

夜中に数回うつらうつらと目を覚ました時、誰かが額《ひたい》を撫でてくれている気がした。

杏珠《あんじゅ》はそれを、当然のことながら桜花だと思った。手は優しかったし、慈《いつく》しむように杏珠に触れてきたからである。

「そんなに無理をしなくてもいいのに……の巫女姫《みこひめ》……」

おかしいと思ったのは、上から降って来る声が桜花《おうか》のものではなかったから。

落ち着いた優しい響きの声。それは明らかに桜花の声よりも低く、更に言うならば女性のものとも思えない。

(誰……?)

目を開けて確認したいのに瞼《まぶた》が開かない。疲れのせいで、たったそれだけの行為さえ困難だった
「……の巫女姫」

くり返される言葉を、杏珠は『神泉の巫女姫』という自分の呼び名だと思い、特に疑問は持たなかった。しかし後になって考えてみれば、もっと別の言葉だったようにも思われる。

(だからって、なんて言ったのかって聞かれても、その答えはわからないんだけど……)

翌朝、目覚めるとすぐに杏珠は、着替えの侍女たちを連れて臥室《しんしつ》にやって来た桜花に、尋ねてみた。

「ねえ桜花。昨夜は一晩中、私の傍についていてくれたりしたのかしら?」

すっかり顔色も良くなり、榻《ながいす》の上に座り直した杏珠の姿を見て、桜花は嬉しそうに頰《ほお》を綻ばせたが、聞かれた質問には静かに首を横に振った。

「いいえ。李安がお持ちした熱冷ましがよく効いたようで、杏珠様はすぐにぐっすりお眠りになりましたので、私も自分の居室《いま》に下がらせていただきましたが……どうかいたしましたか？」

どうやら臥室の外に控えているようで、二人の話題に上ったと知るや否やチラリと顔をのぞかせた李安《りあん》と、何かあったのだろうかと表情を曇らせる桜花の顔を見比べ、杏珠は取り成すように笑う。

「ううん。それなら別にいいの」

昨夜は誰かがずっと傍にいた気がすると正直に答えたならば、お役大事に働いてくれている桜花も李安も、どんなに驚くことだろう。すぐに方々に働きかけて、それが誰だったのかを調べ始めるに違いない。

ただでさえ気苦労の多い二人にこれ以上の負担をかけないため、杏珠は昨夜のことは自分の胸の内に収めておくことにした。

（うん。そうしよう）

熱が引いたのと同時に、様々な憂いも迷いもすっかり晴れたような気がする。気持ちが妙にすっきりしている自分に杏珠は気が付いた。

（昨日の失敗は失敗として真摯に受け止め、今日から改めて頑張ろう。神泉《しんせん》の巫女姫《みこひめ》として、仕事に勤《いそ》しもう！）

そう決断すると、不思議と体に力が漲《みなぎ》り、と同時にお腹《なか》が空いていることにも気が付いた。

「朝食の準備は出来ているかしら？」

房室《へや》の入口の向こうの李安《りあん》に問いかけると、得意げな声だけが返って来る。

「もちろんです」

着替えを済ませるとすぐに、杏珠《あんじゅ》は李安と桜花《おうか》と共に臥室《しんしつ》を後にし、朝食が並んだ居室《いま》へと移動した。

無人になった臥室には、杏珠のものでなく桜花のものでもなく、ましてや李安のものでもない香りが微《かす》かに残っていたが、杏珠はそれには気が付かなかった。

まるでほとんど何も食すことができなかった昨日の分も取り戻すかのように、普通の少女の三人分ほどの食事を取り、衣を外出用に替え、杏珠は早速神泉《しんせん》へと出向いた。

長襦《ちょうじゅ》に長裙《ちょうくん》に被帛《ひはく》という軽装で出かけることを、李安が渋りながらも承諾してくれたのは、昨日大仰に着飾らせたせいで杏珠が倒れてしまったことに対して、彼にも思うところがあったせいかもしれない。

確かに布地は上等な絹で、施された刺繍《ししゅう》も飾りも手の込んだものではあったが、これまで自分がしていたのとそう変わらない服装になって、杏珠の足取りもより軽やかになった。

「まずは泉に祈りを捧げることから……ええっと、決まった祝詞《のりと》とかがあるのかしら？」

「さあ、私は存じ上げておりませんが……」

「そんなものはございません」

「以前の巫女姫さま方は、それぞれご自分でお考えになっておられましたよ」

「そう……」

共に神泉がある園林《ていえん》までついて来てくれたのは、桜花と李安と夕蘭《ゆうらん》だった。三人はそれぞれに、杏珠の良い相談相手となってくれている。

神泉に祈りを捧げる際の決まった文言《もんごん》が無いと知り、困った杏珠に、様々に知恵を貸してくれた。

「杏珠様が思ったことを、そのまま口に出されていいと思いますよ」

「そうですね。あまり仰々《ぎょうぎょう》しくする必要はないと思いますし」

「ですがもし誰かの耳に入ったとしても、くれぐれも恥ずかしくない文言でお願いしますよ」

「……はい」

さすがの杏珠も「神様どうかお願いします」と子供の願い事のような祈りを捧げるつもりはなかったが、李安に釘《くぎ》を刺されてしばし迷う。

「ええっと……」

気心の知れた従者たちとは言っても、三人が傍《そば》で聞いているかと思うと、やはり気恥ずかしかった。

「それでは私たちは、あちらの園亭《あずまや》でお祈りが済むまで待っておりますね」

気配りの利く桜花《おうか》がそう提案してくれ、杏珠《あんじゅ》はホッと息をつく。

「あ、はい。そうしててください」

三人が築山《つきやま》の向こうに姿を消すのを見送って、杏珠は改めて泉の畔《ほとり》にしゃがみ込んだ。

「ええっと……」

宮城《きゅうじょう》に着いた日に見たより、僅かではあるが神泉の水量は増しているような気がした。

けれどもまだまだ少ない事には変わりなく、杏珠が縁《ふち》からそっと手を伸ばしても、水面には程遠い。

自分が祈りを捧げることで、もし天の御使《みつか》いが姿を現してくれれば、この神泉自体ももっと満たされるのだ。

（……よし）

いざ覚悟が決まったならば、杏珠の両目は、不思議と自《おの》ずから閉じられた。

視界を閉ざせば、目を開いている時には感じなかった事柄を、改めて実感することがあるという。

それはどうやら本当のようで、これまで全く感じなかった風の流れを、肌で感じた。降り注ぐ日射《ひざ》しの温かな温《ぬく》もりも、控え目に簪《かんざし》を挿した髪から直に感じる。

（温かい……）

土の匂い。僅《わず》かな草木の香り。先日は全く聞こえないと思ったはずの鳥の声も、遠い空から微《かす》かに耳に届いた。

（気持ちいい……）

漣捷国《れんしょうこく》で一番大きな街市——暁安。その中でも最も俗世間からかけ離れた宮城の、更にその奥の、人の手によって造られた園林《ていえん》の中に杏珠はいるはずなのに、まるで故郷にいた頃のように自然を身近に感じる。

（どうか……どうか……）

うまく言葉に表せない思いを、なんとか形にしようと苦心していると、瞼《まぶた》の裏の陽《ひ》の眩《まぶ》しさが急に翳《かげ》った。

おかしいと思った杏珠が閉じていた目を開いてみると、目の前では絹糸《きぬいと》のような銀髪《ぎんぱつ》が風に遊ばれて揺れている。

毛先から頭の上へと順に視線を上げて行って、その髪の持ち主の姿を検《あらた》め、杏珠は驚きの声を上げた。

「あなた……！」

杏珠《あんじゅ》の声を耳にしてこちらをふり返ったのは、長袍《ちょうほう》に身を包んだ長身の男。

碧玉《へきぎょく》のような瑠璃《るり》の瞳が、杏珠の姿を認めて、彼女と同じように驚きに瞠られる。

「君は……まだ家に帰っていなかったの？」

開口一番投げかけられた疑問の言葉に、杏珠の心は曇《くも》った。

呆《あき》れたようでもあり、非難するようでもある口調に、そう言えばここに来てすぐの一昨日にも、この人物から執拗《しつよう》に帰郷を勧められたことを思い出した。

「帰ってません」

「あんな目にあったのに？」

口ぶりからすると、どうやら男は杏珠が就任の儀式で倒れてしまった騒動まで知っているようだ。こうして園林《ていえん》にまで入って来られるような身分なのだろうから無理もない。

そう考えて、杏珠はふとあることに思い当たった。

先日この場所で、この男はあろうことか王の妃嬪《ひひん》の誰かと思われる女性と密会していた。

姦通《かんつう》は極刑に値する大罪だ。それも相手が王の妃ともなれば、見つかったその場で首を刎《は》ねられてもおかしくはない。それなのにかなり堂々と女性と待ち合わせていた。

思わず杏珠はキョロキョロと、辺りを見渡す。

「何？」

男が首を傾《かし》げると、絹糸のような銀髪が肩の上を滑り、サラサラと長袍の上を舞う。

その見事さに見入りそうになる自分を必死に振り払いながら、杏珠は心持ち男から身体を引いた。

「今日もここで、お待ち合わせですか？」

「ああ、そうだよ」

なんの躊躇《ちゅうちょ》もなく頷かれて、呆れる思いよりも怒りの方が先に立った。

「あなたねえ！」

声を荒らげて非難しようとすると、その瞬間長い指で眉間《みけん》をピンと弾《はじ》かれる。

「いたっ！」

両手で額《ひたい》を押さえて、杏珠は面伏《おもふ》せた。

確か初めて会った時も、この男にいいようにあしらわれたのではなかっただろうか。

いよいよ憤慨する杏珠に向かって、男はさも当然とばかりに静かに告げる。

「瑠威《りゅうい》……私の名は瑠威と言うんだよ、杏珠」

男が――否《いや》、瑠威というその人物が、前回一度聞いただけの自分の名前を憶《おぼ》えていたことが、杏珠には意外だった。

しかし相手は、王の妃《きさき》にまで色目を使うような女好きだ。女性の名前ぐらい憶えていて当然かもしれない。

そう自分に言い聞かせて、改めて杏珠は瑠威に向き直った。

「じゃあ、瑠威《りゅうい》……さま？　でいいのかしら？　あなたはどうしてこの場所に自由に入ることができるの？　見たところ宦官《かんがん》のようにも見えないし……それにどうやら毎回女の人と待ち合わせのようだし……ここは後宮に面した禁園《きんえん》。男性は立ち入り禁止なんですよ！」

腰に手を当てて、大威張りの格好で宣言したら、さも当然とばかりに頷かれた。

「知ってるよ。君より私の方が、ずっと前からここにいるんだから、そういうことはよく知っている。ここはもともと、私の庭のようなものなんだ。だからここで何をしようと誰も咎《とが》めることはできない。それはもうずっと前からの決まり事だ」

「ずっと前からって……」

杏珠《あんじゅ》は考えあぐねて首を捻《ひね》った。

瑠威は確かに杏珠よりは年上に見えるが、よくて二、三歳差。大目に見ても二十歳前後の青年にしか見えない。

幼い頃から仕官《しかん》していたとして、宮廷に勤めて十年ばかり。その年月を「ずっと前から」と表現していいものだろうか。

（それに「私の庭」って……）

神泉の周りの見事な庭園に視線を巡らし、杏珠はハッと気が付いた。

（ひょっとしてここを手入れしている園丁《えんてい》なのかしら？　幼い頃から見習いとして出入りしていたんなら、ずっと以前から……と言っても過言ではないし、これだけ見事に手入れされているのだもの、きっと陛下からも重用されていて、それでこんなに良い衣《ころも》を着て、まるで貴族みたいにしていられるのだわ！）

杏珠に自覚はないが、彼女はかなり思い込みの激しい性格である。その上、独りよがりでもある。

「でもだからって……陛下の妃嬪《ひひん》の方と、道ならぬ恋に走ってはいけないことに変わりはないのよ！」

万が一、この場所に出入りが自由な職にあったとしても、その一点だけは是非とも追及しておかねばならない。

ツンと顎《あご》を上向けて、巫女姫《みこひめ》の威厳たるものを醸《かも》し出そうとした杏珠に、瑠威がもう一度手を伸ばした。

「君が何を誤解しているのかは知らないが、私と彼女たちは君が思っているような関係ではないよ。私は自分が生きていくだけの気を彼女たちから分けてもらっているだけだし、彼女たちの方はおそらく、私のことなど後宮での退屈な毎日を紛らす、ちょっとした火遊び程度にしか思っていないだろう」

「……気？　……火遊び？」

思いがけない言葉の連続に惑わされて、杏珠は瑠威が告げた最も大切な語句に気が付いていない。

——そう。彼は「彼女」ではなく「彼女たち」と複数形で言ったのだ。彼の背後から聞こえた直後である。

その事実に杏珠《あんじゅ》が気付くのは、瑠威《りゅうい》の名前を呼ぶ甘ったるい声が、彼の背後から聞こえた直後である。


「瑠威っ！　お待たせっ！」

広い背中に飛びつくようにして抱きついたのは、梔子色《くちなし》の襦裙《じゅくん》を纏《まと》った、杏珠とそう変わらない年頃の少女だった。明らかに先日の女性とは別人だ。

驚きに目を瞠《みは》るばかりの杏珠の姿を、少女の目から隠すようにして、瑠威が少女を胸に抱き込む。

そうしておいてふり返りざま、杏珠に向かってパチリと片目を瞑《つぶ》ってみせる。まるでもうこれ以上口を開くなと、合図を送るかのようだった。

(最っ低！)

前回も心の中で絶叫した言葉を、今日もまた心の中でくり返し、敢然と長裙《ちょうくん》の裾《すそ》を翻して、杏珠は神泉の畔《ほとり》を後にした。

どうやら神泉《しんせん》を女性との待ち合わせ場所にしているらしい瑠威のせいで、杏珠の初仕事は、上手《うま》くいったのかどうか考える暇さえなかった。

「本当に最低！　最悪だわ！」

怒りに震えながら桜花《おうか》たちが待つ園亭《あずまや》に走り込み、すぐに露翔宮《ろしょうきゅう》に帰ると言い出した杏珠に、三人の従者たちはそれぞれ訝《いぶか》しむ目を向けた。

「どうしたんですか、何か不都合なことでも？」

桜花が真っ当に心配してくれるかと思えば、

「やはり何も起こりませんでしたか……」

歴戦の夕蘭《ゆうらん》は酷《ひど》く残念そうにため息をつく。

「上手くいかなかったからって、我々に八つ当たりはやめて下さい」

あまりにも冷たい李安《りあん》の物言いに腹が立って、杏珠は神泉の畔で会った瑠威について、彼に説明した。

「とにかくもの凄《すご》い色男で、見かける度に違う女の人と待ち合わせをしていて、服装も身のこなしも一見身分がある人物のように見える、凄腕《すごうで》の園丁……ですか？　有り得ませんね。妄想も大概にして下さい」

全て杏珠《あんじゅ》の中での真実ばかりを述べたにも関わらず、李安《りあん》にあっさりと妄想認定されて、杏珠はいきり立った。

「妄想なんかじゃないわ！　本当なのよ！」

顔を真っ赤にして怒る杏珠を宥《なだ》めるために、桜花と夕蘭がもう一度神泉の畔《ほとり》を確認に行ったが、そこにはもう誰の姿もなかったらしい。

束《つか》の間《ま》の密会が終わり、瑠威《りゅうい》と女性がそれぞれの居るべき場所に戻ったのか。それとも二人で別の場所に移動したのか。

ともあれ杏珠《あんじゅ》は、これが自分の妄想などではなく実際の出来事なのだと、李安《りあん》に証明する手立てを失ってしまった。

「きっとまだお疲れなのですよ」

李安以外の人物が口にしたならば、励ましの言葉に聞こえるものも、彼の口から出てくれば嫌味《いやみ》にしか聞こえない。

本気で宥めてくれる桜花《おうか》に手を引かれながら、悔しい思いで露翔宮《ろしょうきゅう》に戻ってみると、思いがけないことに王から、杏珠宛てに贈り物が届けられていた。

神泉に祈りを捧げる際に使ったらいいのではと、文《ふみ》がつけられた花器《かき》は白磁で出来ており、その繊細な美しさに杏珠は感嘆の声を上げる。

「素晴らしいわ！」

けれどそれを含めた大小さまざまな葛籠《つづら》入りの贈り物に、李安はあまりいい顔をしなかった。

「困りましたね、まさかこういう事態は想定しておりませんでした……」

「……ですね」

桜花も夕蘭《ゆうらん》もしたり顔で同意する。

杏珠は自分一人ばかりが話が通じていないように感じ、三人に問いかけた。

「こういう事態って？　どういう事態ですか？」

屈託なく聞き返す杏珠の無邪気さに、李安は嘆息しながらも苦笑する。

純粋さは杏珠の良いところだ。それはこれからたとえ何がどうなったとしても、できれば失ってほしくない。

その思いから李安は言葉を濁した。

「いえ……特に意味はありません」

しかし彼らが言い澱《よど》んだ言葉の本当の意味を、杏珠は翌日、すぐに知ることとなった。


翌朝、前日のように滞《とどこお》りなく朝の準備を終わらせた杏珠は、王から頂戴した花器を携《たずさ》え、すぐに神泉へ向かおうとした。

できれば花一輪。それが無ければ木の枝の一本でも、花器に活《い》けて神泉に捧げることができればと思い、昨夜は興奮してまたあまり眠れなかった。

しかし出かけるという直前になって、その花器が無いことに気が付く。四つある居室《いま》と二つの臥室《しんしつ》を隈《くま》なく探してみても、一向に出て来ない。

「どうして？」

決してぞんざいに扱っていたわけではなく、絹の布に包み、また葛籠《つづら》に戻しておいた。眠る前に居室《いま》の机案《つくえ》の隣に置いたし、事実今朝、葛籠は確かにその場所にあった。

それなのに中身の花器《かき》だけが見当たらない。

杏珠《あんじゅ》は出かけるギリギリの時間まで、露翔宮《ろしょうきゅう》中を探し続けた。居室。臥室《しんしつ》。厨房《だいどころ》。水場《みずば》。中庭。果ては園林《ていえん》へと続く回廊から、その先の神泉まで。

頭のどこかで、まさかこんな所にまでとはと思いながらも、延々と探し続けた。

それは、仕方なく今日のところは手ぶらで神泉へと行き、祈りを捧げるために畔《ほとり》で膝を折った瞬間も例外ではなく、いつになく杏珠は神泉を前にしても心ここにあらずの状態だった。

そういう自分に気付かされたのは、もうこの場所で耳にするのが当然になりつつある声に、背後から話しかけられたからである。

「今日も来たんだね、杏珠。でもなんだか目の前の神泉よりも、違うことを気にしているみたいだ……違う？」

毎回毎回、この場所で見かける度に、他の誰かに知られれば大罪で糾弾されるような罪を犯しているくせに、春風のように爽やかな声で瑠威《りゅうい》は語る。

その悪気のなさに昨日は苛々《いらいら》させられたが、今日の杏珠は少し、心が救われるような思いだった。

王に賜《たまわ》った大切な花器を、失くしてしまったという失態があまりに恐れ多く、懸命に行方を捜した。もしこの話が王に伝わりでもしたなら、咎《とが》めを受けるのではないかという危惧《きぐ》も少なからずそこにはあった。

けれど蓋《ふた》を開けて自分の気持ちをよくよく確かめてみれば、純粋に申し訳ないという思いと、折角《せっかく》この場所で祈りのために使おうと思っていたのにと、残念な思いの方が強い。

瑠威の問いかけによって、そういった自分の本心に気付かされ、杏珠はそっと唇を噛み締めた。

「大切な物を失くしてしまったの……とても大切だったのに、これからもずっと大切にしようと思っていたのに……！」

「そう……」

瑠威は呟《つぶや》くように答えて、杏珠の隣に自らも膝を折った。肩が触れ合うほどに近くに来られて、杏珠は微《かす》かに身じろぎする。

「じゃあ、神泉のこういう使い方は知ってる？　見たい物、知りたい物を水面に映し出してくれるんだよ」

「え？」

瑠威は神泉の上にてのひらを翳《かざ》すと、静かに両目を閉じた。伏せられた長い睫毛《まつげ》が白い頬《ほお》に影を作る。

その美しい様に思わず目を引かれた杏珠は、首を打ち振って邪念を追い払った。

杏珠《あんじゅ》の戸惑いに気が付いたわけではないだろうが、閉じていた瞳を薄く開いた瑠威《りゅうい》が、なんの躊躇《ためら》いもなく杏珠の手を取る。

訳もなくドキリとしてしまった杏珠の手と、自らの手を重ね合わせ、泉の水面上へと再び差し伸べた。

「さあ」

頭のどこかでは、そんなことは有り得ないと思っている自分が居るのに、杏珠はいつの間にか瑠威に促されるままに、目を閉じていた。

彼のてのひらを重ねられた手の甲にも、水面に翳《かざ》しているてのひらにも、不思議と熱いような感覚がある。

人の手と水面とを同じもののように感じるのはおかしなことなのに、不思議とそう感じた。非常に似ていると思う。

似ているけれども非なるもの。目を閉じているからこそ視覚以外の感覚が研ぎ澄まされ、そんな言葉が心に浮かんで来る。

複数の女性を抱きしめることになんの罪悪感もない瑠威の姿を目にして、昨日はあれほど嫌悪感が募ったのに、今日はこうして隣に居ても嫌《いや》な気はしない。

目を閉じているせいで、あまりにも見目麗しい外見が見えないせいだろうか。

寧《むし》ろそれよりも、誰に何を言われても思われても臆することなく、彼自身の価値観に基づいて行動しているような、自由で力強い彼の本質を感じる。

そしてそういう姿や生き方を、実は少し羨《うらや》ましいと思う。

いつの間にか自分が、花器《かき》のことも神泉のことも差し置いて、瑠威のことを考えていることに杏珠は気が付いた。

気付いた途端、耳元で密やかに囁かれた。

「何を考えているの？」

笑い混じりの声だった。もしかすると気付かれてしまったのだろうか。

それでも本人に向かって、まさかあなたのことですとは口が裂けても言えない。

杏珠は大きく頭を振って、花器について考えることに集中した。

昨日、王から賜《たまわ》った花器。――白磁で出来ていて、とても薄く、薄い程に価値が上がる白磁としてはかなりの高級品のはず。杏珠の両てのひらに収まるほどの大きさで、下方は丸みを帯びており、上方は細く伸びて、花などが挿《さ》しやすい形状になっている。

そのものを思い浮かべるかのように、順番に頭の中で特徴を上げていくと、不思議と閉じた瞼《まぶた》の裏に花器《かき》の姿が浮かび上がった。

それればかりかどこかの居室《いま》の中、葛籠《つづら》の中に入っている光景まで見える。

（あっ、これって露翔宮《ろしようきゆう》の私の居室だわ！）

杏珠が驚きの声を呑《の》み込《こ》んだ瞬間、何者かの手がその葛籠に伸びた。蓋を取り、中から現れた保護用の布ごと花器《かき》を取り上げ、どこかへと持ち去る。

白い手だけははっきりと見えるが、それが誰のものなのかは、女性であるか男性であるかも含めてまるでわからない。

杏珠《あんじゅ》がいくら意識をそちらに向けようとしても、衣《ころも》の色さえ見えなかった。

そうこうするうちに、花器を持った手は杏珠の居室《いま》を出て、廊下を渡り、建物の外へと出て行く。

（露翔宮《ろしょうきゅう》の中庭？）

そこもまた杏珠が花器を探し求めて朝から駆けまわった場所ではあったが、それほど念入りには見回らなかった。どこという見当などまるでついていなかったのだから当然だ。

謎の手は中庭の一画で、握りしめていた花器を大きく上に持ち上げた。

（えっ？　まさか？）

杏珠が息を呑む間もなくその手は次の瞬間には振り下ろされ、花器は布に包まれたまま地面に叩きつけられる。

パリーンと花器の砕け散る高らかな音が、聞こえるはずもないのに聞こえた気がした。

花器を割った手が、地面の土を掘り、花器の残骸を布ごとその場に埋める光景を見ながら、杏珠は呆然《ぼうぜん》と呟いた。

「そんな……！」

驚きに耐え切れず、目を開いた瞬間、幻は杏珠の瞼《まぶた》の裏からかき消えた。代わりに目に入ったのは、気遣うように杏珠を見つめる瑠威《りゅうい》の顔。杏珠の目からポロポロと涙が零《こぼ》れ落ちた。

「私、行かなくちゃ」

不思議なことに杏珠は、自分が今垣間見《かいまみ》た映像を少しも疑ってはいなかった。おそらく真実の光景なのだろうと、なんの躊躇《ためら》いもなく受け入れていた。

だからこそ気持ちが焦《あせ》る。折角下賜《かし》して下さった王に申し訳はたたないし、一つの宮を与えられた者として管理能力にも問われる。それにそういった失態よりも、素直に悔しくて悲しい。

立ち上がった杏珠に付き従うように、瑠威もまた彼女の隣に立ち上がった。

ただ重ねられていたはずの手が、いつの間にか杏珠の手を包み込むようにして握りしめる形に変わっていたが、杏珠はそれに気が付いていなかった。

杏珠が歩き出そうとすると、当然のように瑠威もついてくるので、涙に濡《ぬ》れた目で彼を見上げる。

「今日もこの場所で、どなたかと待ち合わせなのではないの?」

「そうだよ」

瑠威は柔和な笑みを浮かべたまま、杏珠と繋《つな》いだ自分の手に視線を落とし、それから再び杏珠の顔に視線を戻した。

「でもどうやらこちらの方が、今は私にも有益のようだ」

「………？」

言葉の意味は杏珠《あんじゅ》にはよくわからなかったが、瑠威《りゅうい》と繋いだ手が頼もしかったことは事実だった。

露翔宮《ろしょうきゅう》に向かって歩き出した杏珠に添うようにして、瑠威も歩き出す。

杏珠の足が速度を速めれば、自然と瑠威の速度も速くなった。

半ば駆け出すような格好になり、長い裳裾《もすそ》が歩きにくいと杏珠が思った瞬間、軽々と瑠威の腕に体を抱え上げられた。

「ええっ？」

誰かに見られては大変だと、慌てて逃れようとする杏珠をしっかりと抱き止めて、瑠威が耳元で囁く。

「大丈夫だ。この方が速い」

言葉通り、誰の目にも留まらないくらいの速さで、瑠威は杏珠を抱きかかえたまま回廊を渡り切り、あっという間に露翔宮の中庭に着いた。

「あ、ありがとう……」

地面に足を下ろされるや否《いや》や頭を下げてお礼を言って、それからすぐに杏珠は窓に近い木の根元を掘ってみた。

土は柔らかく、簡単に掘れ、すぐに目的の物は出て来た。土に汚れた紫色の絹布《けんぷ》。

「そんな……」

カチャカチャと耳障りな音を聞きながら布を開いてみると、そこには白い磁器の残骸が虚《むな》しい姿を晒《さら》した。

「どうして？」

呆然とした思いで欠片《かけら》の一つに伸ばした杏珠の指を、瑠威が言葉だけで制止しようとする。

「杏珠、危ないよ」

一瞬遅く、細い指先は破片に傷つけられ、真っ赤な鮮血が杏珠の指を伝い落ちた。

「ほら……ね？」

杏珠の隣に膝をついて座り、瑠威は杏珠の手から磁器の欠片が包まれた紫色の絹布を取り上げる。無意識の杏珠《あんじゅ》の抵抗を反対の手で制して、その布を地面に置いた。

「壊れてしまった物はもう元には戻らない」

まるで、これからどうしたらいいのだろうと心の中で嘆いていた杏珠の声が聞こえたかのように、瑠威《りゅうい》が静かに呟く。

そうしておいて呆然自失の状態の杏珠の手を取り、やおら自分の口元へと運んだ。

「————！」

悲しさと悔しさから、何も考えられないような状態だった杏珠の頭でも、その行為は鮮明に認識できた。

おそらく杏珠《あんじゅ》の指を伝い落ちる鮮血を拭《ぬぐ》うためなのだろうが、指に突然舌を這《は》わされて、その妖艶な光景に頭が真っ白になる。

「な！　なっ……！」

満足に言葉も話せず、目を剥《む》くばかりの杏珠を余所《よそ》に、瑠威《りゅうい》は彼女の細い指にいつまでも唇を寄せている。

少し血の付いた口元から美しい曲線を描く顎の輪郭。ほんのりと筋の浮き出た長い首とくっきりとした鎖骨。自分の手の上に無防備に面伏せられた横顔を見つめて、杏珠の鼓動はどうしようもなく跳《は》ねた。

「なにするんですかっ！」

口では断固拒否して、瑠威《りゅうい》から引《ひ》き剥《は》がすように指を離したけれども、気持ちの方は全く離れない。

摑《つか》まれていた手首の感触も、指を這う舌の感触も、痺《しび》れたように体に残っている。

「何って……消毒？」

さらりとそう答えて、瑠威は杏珠の上に屈《かが》みこんでいた姿勢を正した。

あまりにも近過ぎていた彼との距離が、ようやく正常の状態に戻って杏珠は安堵《あんど》した。

何にかはよくわからないが、ひどく緊張していて、全身の疲労感が濃い。

おかげで花器《かき》の破片を目にした時に浮かんだ涙は、全てどこかへ消し飛んでいる。

「ここでこうしていても、もうどうしようもないよ。さあ行こう」

瑠威《りゅうい》に促されて、杏珠《あんじゅ》は確かにそうだと思った。

花器が無くなったと知った時から、すっかり見失ってしまっていた冷静さが、ようやく彼女に戻って来た。

「陛下に正直にお話して、すぐにでもお詫《わ》び申し上げたほうがいいかしら？」

「うーんそうだね……でも、もう少し待ってみたら？」

壊れた物はもう決して元には戻らないと言ったのは瑠威なのに、曖昧に返事を濁されるので杏珠は口を尖らす。

「だって、待ったってどうしようもないって、さっき……」

「うん。だからせめて明日まで」

「明日？　どうしてですか？」

「それは……」

小さな声で問答を続け、ようやく瑠威の真意に近付けそうなところだったのに、その時遠くから杏珠を呼ぶ声が聞こえて来た。

「杏珠様？　そこにいらっしゃいます？」

(桜花《おうか》だわ！)

声の主に思い当たった瞬間に、今の状態をいったいどう説明したらいいのかと、杏珠は全身から汗が噴き出すような気持ちになった。

後宮の奥に与えられた自分の宮で、怪しい若い男と二人きり。

杏珠は国王の妃嬪《ひひん》ではないし、不義密通の罪には当たらないだろうが、男子禁制の後宮の掟《おきて》を破ってしまっていることには変わりない。

桜花ならば頼めば黙っていてくれるだろうか。

いややはりいくら桜花でも、巫女姫《みこひめ》なのにこのような不埒《ふらち》な真似《まね》をして、と呆れられるかもしれない。

桜花に軽蔑される。それは杏珠にとっては何よりも辛い。

ここはやはり瑠威に頼んで、今だけ姿を隠してもらおうと考えた時、建物の陰から桜花が現れた。普段の彼女と比べれば信じられぬほどに、その動きは素早かった。

（終わりだわ……もう桜花《おうか》に呆れられてしまった）

覚悟の思いで杏珠《あんじゅ》は両目をギュッと瞑《つぶ》ったのに、いつまで経《た》っても非難の声が聞こえて来ない。

代わりに耳に届いたのは、いつもと変わらぬ桜花の優しげな声だった。

「やはりこちらにいらっしゃったのですね。お一人ですか？」

わざわざ確認しなくても、桜花が今目にしているように、怪しい男と二人ですと殊勝に答えようとして、杏珠《あんじゅ》はハッと自分の隣を見た。

ほんのつい先ほどまでそこに居たはずの、瑠威《りゅうい》が消えている。

立ち上がった気配も、どこかに移動した気配も感じなかったのに、忽然《こつぜん》と姿を消してしまっていたのだから、「消えた」という表現は必ずしも大袈裟《おおげさ》ではない。

杏珠は慌てて自分の周り、四方八方を見渡し、やはりどこにも瑠威の姿が無いことを確認した。

（どうして？　なんで？）

頭の中では納得のいかない思いばかりが渦巻いてはいるが、この場合は助かったと考えた方がいい。

桜花《おうか》はなんの躊躇《ためら》いもなく杏珠の傍《そば》に寄り、それから杏珠の隣にある割れた花器《かき》の欠片《かけら》を目にして顔色を変えた。

「杏珠様、それは！」

「そう、昨日陛下から賜《たまわ》った花器よ。ようやく見つけたんだけどもう壊れていて、ここに埋められていたの……」

「そうでしたか……」

事の重大さに驚いているのだろう。桜花は酷《ひど》く青ざめた顔をしていた。

「どういたしましょう」

「そうね……」

国王陛下に正直に申し上げてお詫びする。真正直な杏珠の頭の中ではその答えしかなかったはずなのに、口をついて出て来た答えは自分でも思いがけないものだった。

「取りあえず明日まで待って、それから陛下にはご報告申し上げます」

「明日ですか？」

「ええ」

「……わかりました」

桜花に詳しく問い詰められたなら、何と答えていいのかわからないところだったが、彼女が杏珠のように「どうして？　どうして？」と理詰めで考えるような少女ではなくて助かった。何故《なぜ》なら今桜花に「何故？」と問われても、杏珠自身もその答えがわからないからである。

いつでも余裕に満ちている瑠威の瑠璃の瞳に、まるで暗示をかけられてしまったかのように、彼が口にしたのと同じ答えを、杏珠は思わず桜花に返してしまった。

けれどその余裕の裏付けとなる理由など、杏珠は知る由もないのだ。彼女は瑠威自身ではないのだから。

杏珠の気持ちを何よりも先んじてくれる桜花が相手で良かったと、胸を撫《な》で下《お》ろした杏珠だったが、居室《いま》では次なる難関が彼女を待ち受けていた。

「明日？　何故です？　今日のうちに早めにご報告申し上げた方がいいのでは？」

桜花《おうか》とは真逆で、杏珠《あんじゅ》の気持ちなど二の次、常識と処世術と利害関係で物事を判断する李安《りあん》には、杏珠の曖昧な提案などとても受け入れて貰えそうには思えなかった。

それでも取りあえずは主人の地位にある杏珠の決断を尊重するという名目で、王への報告を一日先延ばしにすることを李安も承諾してくれた。

「壊れた物は元には戻せません。一日延びたからといって、何が変わるとも思えませんが」

短く切って捨てる李安独特のしゃべり方は、内容的には瑠威《りゅうい》が話していたのとそう変わらないはずなのに、なぜか冷たく聞こえる。

「壊れた物はもう元には戻らない」と瑠威の口から聞いた時には、それほど素っ気なくは感じなかった。ただどうしようもない悲しみを感じた。

もっと柔らかい口調で、優しげな声だったからだろうか。そう言えば瑠威の声は、杏珠の耳に心地いい。耳元で囁かれると、それだけでいい気分になる。

何気なくそんなことを考えて、甘ったるい気分になりかけた自分に杏珠は驚いた。

（違うっ！　そうじゃない！）

女性から女性の間を渡り歩いているような瑠威に、自分は好意など抱いていない。断じて違う。

錯覚しかけた思いを首を振る行為で打ち払い、杏珠はその日も榻に準備してもらった床についた。

「なんですか？　真っ赤な顔をなさって……私にその気持ちは全くございませんから、くれぐれも懸想などはなさらないでください」

まるで冗談のようではなく、心から真顔でそう言い切って、臥室《しんしつ》を出て行った李安を杏珠は本気で睨《にら》んだ。

取り返しのつかないような失敗をして、深く落ち込んで眠れないはずだった夜に、従者の皮肉に張り合うくらいの元気が取り戻せてよかったと思った。

その心境まで自分の気持ちを引き上げてくれたのが、誰の存在だったのかまではまだ考えが及ばなかったが——。

うつらうつらと微睡《まどろ》んだその夜。杏珠《あんじゅ》は夢うつつに誰かの気配を感じた。

榻《ながいす》で眠る杏珠の髪を撫で、何事かを優しく語りかけて行った人物はいったい誰だろう。

以前にもこんなことがあったように思うのに、意識がハッキリとしない。

夢なのか現実なのか分からないまま、途切れ途切れの夢を見て、その中に巫女姫《みこひめ》着任の儀式の夜の夢があった。

それもまた杏珠《あんじゅ》の確かな記憶なのか、高熱にうなされていたが故の幻覚だったのか、ハッキリとはしない。

しかし一つだけ明確になったことがあった。

太廟《たいびょう》の中で意識を手放した時に、またはその夜高熱でうなされていた時に、彼女の周りで薫った香りが、いったい誰のものだったのか――。

連日にわたって頻繁に邂逅《かいこう》し、今日また傍近くに寄ったお蔭《かげ》で確信した。

初めて宮城に辿《たど》り着《つ》いた日、神泉の畔《ほとり》で見上げた昊《そら》の青さが目に浮かぶ。その中にあって、風にそよぐように揺れていた見事な銀髪。碧玉《へきぎょく》にも似た、深い目の色。

(そう……あなただったのね……)

心に引っかかっていた謎がようやく一つだけ解けた安堵《あんど》感《かん》で、杏珠はより深い眠りの中へと落ちて行った。

故に彼女は知らない。

その夜もまた、杏珠が眠る臥室《しんしつ》に、あの馥郁《ふくいく》たる香りの主が訪れたということを。

そして昼間に彼女の心をひどく傷つけた、白い小さな花器《かき》とよく似た物を、そっと枕元に置いて行ったということを……。

「やっぱり瑠威《りゅうい》だったのね……」

目覚めると何故だか枕元に置いてあった白磁の花器に、杏珠はあまり驚かなかった。ただ、一日待ってみてはと自分に提案した瑠威が、あの時なぜそう言ったのか、その答えがわかったと思った。

なので祈りの時間になるとすぐに神泉へと出かけ、二日越しにようやく花を挿すことが叶《かな》った花器に、園林《ていえん》の隅で見つけた一輪の花を活《い》けて供えた。

いつものように目を閉じて神泉に祈りを捧げながら、その実、彼が現れるのを今か今かと待った。

杏珠がこうして神泉で祈っていると、彼は決まって姿を現すのだ。

まるでそれが古《いにしえ》から決まっている約束事でもあるかのように――。

神泉に向かって目を閉じ、心静かに祈りを捧げながらも、その人物がやはり今日も背後に現れたことを、声よりも衣擦《きぬず》れの音よりも早く、鼻をくすぐる香りで知る。

声をかけられる前に、杏珠は先んじて彼の名前を呼んだ。

「瑠威」

敬称を付けたほうが良いのだろうかと迷う間もなく、口をついて出てしまった名前に、彼はなんの動揺も見せず、笑みを含んだような声で答えた。

「なんだろう？　……杏珠」

杏珠《あんじゅ》のほうこそ実は、その声で名前を呼ばれることが当たり前のように感じる。

そんな自分を不思議に思いながら、瑠威《りゅうい》をふり返り、今朝から胸に溜《た》まっていた疑問を全て吐き出した。

「いったいどういうことなの？　就任の儀式で倒れた私を宮に連れ帰ってくれたのはあなただったんでしょ？　あなたっていったい何者？　どうして誰にも何も言わずに行ってしまったの？　それに割れてしまった花器《かき》とまったく同じものをどうやって探したの？　いったいどこで？」

飛び掛かるような勢いで、矢継ぎ早に質問をくり出す杏珠を、瑠威は目を細めて柔らかく笑みながら見つめている。それは親愛の情がこもった、どこか嬉しげな笑みだった。

「花器を枕元に置いて行ったのはあなたなの？　……とは聞かないんだね」

「当たり前でしょう！」

「なぜ？」

「なぜって……わかるもの！」

「どうして？」

「…………」

質問していたのは杏珠のほうだったはずなのに、逆に尋ねられて答えに詰まる。

後になってよくよく考えてみれば、「香の香りが臥室《しんしつ》に残っていたから」ともっともな返事ができたはずなのだが、この時の杏珠の頭には、その回答はまったく浮かばなかった。

『私にはあなたがわかるもの』

口に出して言ってしまえば、ひどく恥ずかしい結果になってしまいそうな文句しか思い浮かばない。

真っ赤になって俯いてしまった杏珠の頭を、これまでのように瑠威がそっとてのひらで撫でる。

適度な重みと程よい温かさが心地良い。そんな気持ちに気付いてしまえば、いよいよ顔を上げ難くなる。

杏珠はまるで凝り固まってしまったかのように、ひたすら自分の沓《くつ》の先を見つめ続けた。

「残念ながら、その質問に全部は答えられないけれど……花器なら心当たりがあったので、同じ物がないかと探してみたんだよ。無事に見つかって良かった」

おかしな反応の杏珠にも態度を改めることなく、瑠威がいつもの調子でその場に腰を下ろすので、杏珠も膝を折った。

以前ほどは彼と一緒にいることを、嫌だと感じなくなっている自分に気付かされる。

否《いや》、嫌と言うよりもむしろ――。

「花を活《い》けたんだね」

「ええ」

「どこから摘んできたの？」

「築山《つきやま》の向こうに、ほんの少しだけ咲いていて」

「そう、綺麗だ……そして可愛《かわい》い……杏珠《あんじゅ》みたいだね」

からかわないでと、喉元まで出かかった言葉を杏珠は呑《の》み込《こ》んだ。

ひどく優しい声音で、耳に心地良い言葉を紡ぎ出してくれる瑠威《りゅうい》の声を、本音を言えばもっと聞いていたかった。

しかし瑠威はそれきり口を閉ざしてしまい、静かに泉のほうを見ている。

その横顔が昨日までより精彩《せいさい》を欠いているような気がして、杏珠は思わず問いかけた。

「なんだか元気がないみたい……どうかしたの？」

驚いたように軽く目を瞠って、瑠威が杏珠をふり返った。

「わかるの？」

「ええ」

「どうして？」

「……どうして……かしら……？」

突き詰めて考えてしまえば、先程の質問と同様、恥ずかしい答えに行き着いてしまう気がして、杏珠は考えることを放棄した。

「理由は分からないけど……わかるのよ」

曖昧な返事をすると、瑠威の顔がまた嬉しそうに綻《ほころ》ぶ。

その笑顔に、杏珠の視線はいよいよ引き寄せられる。

何故だか胸の辺りが苦しくなってきた。

「元気が無いのは確かだよ。昨日は杏珠に付き合って、ここで待ち合わせていた人に会えなかったからね……気を貰い損ねたんだ」

「気？」

そう言えば以前にも瑠威はそういったことを話していた。

自分が女性と会うのは気を貰うためであり、杏珠が考えているような関係ではないのだと。

その時は、多くの女性と関係を持つ行為を正当化しようとして、瑠威が適当なことを言っているのだとばかり思っていたが、こうして何度も口にするところをみると、どうやらそればかりでもないらしい。

実際に疲れた様子であり、笑顔にも少し翳《かげ》りがある今日の瑠威《りゅうい》は、その「気」とかいう何かが足りていないからなのだと説明されれば、納得がいく状態のようにも感じた。

「それで……その気が無ければどうなるの？」

「死ぬよ」

「死？」

あまりに端的《たんてき》でわかりやすい回答に、杏珠《あんじゅ》は思わず自分の口元を押さえて小さく叫んだ。

「大変！　だったら早く補給しなくちゃ！」

「補給……？　確かにその表現はあながち間違いじゃない……」

瑠威《りゅうい》は感心したように呟き、次いで声を出して笑い出し、すっかり悦に入っているようだが、杏珠《あんじゅ》は気が気ではなかった。

昨日自分に付きあわせてしまったせいで、瑠威がその「気」とかいうものを得られず、このまま死んでしまったなら、自分はいったいどうすればいいのだろう。

杏珠が気付いたよりももっと多く、ひょっとしたら陰で彼にお世話になっているかもしれないのに。事実、昨日も今日も、彼のお蔭で難を逃れ、気持ちまで救ってもらったようなものなのに。

このままでは恩知らずになってしまう。そして彼を死なせてしまう。

杏珠は瑠威の手をギュッと握り締めた。無我夢中の思いだった。

「今日は誰かと約束をしてはいないの？　なんなら私でも……瑠威にその「気」というものを分けてあげられる？」

突然自分の手を握りしめて叫んだ杏珠に、瑠威は一瞬大きく目を瞠った。けれどすぐに、とても嬉しそうにその瑠璃の瞳を細めた。

「約束はしてるよ。でももし君がいいんなら……杏珠……私は君から貰いたい」

まるで心臓を鷲《わし》づかみにされたかのように、杏珠の胸が高鳴った。

美しくもどこか妖しい面《おもて》を伏せて、瑠威がそっと杏珠に手を伸ばす。両腕の中にすっぽりと抱き込まれて、息苦しいほどの眩暈《めまい》を覚えた。

耳のすぐ上の辺りに、彼の息遣いを感じる。

ドクドクと大きく脈打ち続ける心臓の音は果たして自分のものなのか、頰《ほお》を寄せている彼の体から聞こえて来るものなのか、その判断さえつかない。

李安の言に従って、もう少し衣《ころも》を重ねてくれれば良かったと、杏珠は初めて後悔した。

薄い襦裙《じゅくん》が一枚ずつと、内衣《うちごろも》と被《ひ》帛《はく》だけでは、あまりにも体の輪郭が露《あら》わ過ぎる。このような予定は予《あらかじ》め無かったにしろ、少し無防備過ぎたと杏珠は悔やんだ。

瑠威がこれまで腕に抱いたであろう数多《あまた》の女性たちに比べて、自分はどうだろうか。抱き心地は。寄り添う体の重さは。あちらこちらの感触は。薫る香りは。

瑠威と自分は別に特別な関係ではないのだから、どうでもいいことのはずなのに気になって仕方がない。

こうやって抱き締められているのは、瑠威の言葉を借りるならば、『気』とかいうものを受け渡ししているに過ぎないのだから、意識することはないのに。

詮無いことを思案し続ける杏珠の頰に、瑠威がそっと指を這《は》わせた。

「うん……やはり杏珠は特別だ」

貰《もら》えるはずなどないと思っていた賛辞に、我知らず杏珠の心は弾む。

「特別？」

もう一度言ってほしくて尋ねたら、当然のように答えられた。

「ああ他の人とは違う」

思いがけない言葉に、胸を打つ鼓動がますます早くなる。それはいったいどういう意味だろう。どういう意味に取っていいのだろう。

杏珠は張り裂けんばかりの胸の痛みに耐えかね、両目を固く瞑《つぶ》った。

逸《はや》る気持ちに応えるように、瑠威《りゅうい》が杏珠《あんじゅ》の顎に手をかけ、心持ち上向かせた。

「だって巫女姫《みこひめ》だからね」

頬に頬を寄せる素振りを感じさせながら、瑠威が吐息のような声でそう囁いた瞬間、杏珠の中で何かが音を立ててサアーッと引いた。

『巫女姫だから』――その言葉に、感情の中のどこかの部分が過剰に反応し、気が付けば瑠威の体を押しのけるように両腕を突っ張っていた。

「杏珠？」

突然の行動に、瑠威が驚いて杏珠の名前を呼んだ。当然だ。いったい何がどうなって自分がそんな行動を取ってしまったのか、杏珠にもわからない。

ただ何かが胸が軋《きし》むほどに悲しくて、受け入れがたくて、体が勝手に反応したのだ。何故《なぜ》だと問われても杏珠にも答えられない。

体全体で瑠威を拒絶した体勢のまま、途方もない時間が過ぎたような気がした。

双方とも動けないままの均衡を破ったのは、神泉の対岸から聞こえた彼を呼ぶ声だった。

「瑠威！」

嬉しそうに彼の名前を呼ぶ声を聞いて、杏珠は慌てて瑠威の体に隠れて自分が見えなくなってしまうほどに身を屈《かが》めた。

「待った？」

「いや、そうでもないよ」

瑠威は顔だけふり返って今日の逢瀬《おうせ》の相手に返事をしているようだが、いつまで経《た》っても立ち上がる気配がない。

ひょっとしたら自分が邪魔になっているのだろうかと、杏珠が顔を上げた瞬間、真上から真《ま》っ直《す》ぐに見下ろす瑠璃《るり》の瞳と目があった。

唇を真一文字にキュッと結んで、どこか辛そうな悲しそうな顔で、瑠威が杏珠を見つめている。

どこかに置き忘れたようになっていた溢《あふ》れんばかりの感情が、再び杏珠の胸に甦《よみがえ》る。

(何？　どうしてそんな顔で私を見るの？)

口に出して言ってしまえば、今にも泣き出してしまいそうだった。なので杏珠は、そっと首を横に振る。

それ以上見つめないでという意志表示に。これ以上この場所には居られないという思いで。瑠威《りゅうい》が杏珠《あんじゅ》の真意を汲《く》んだかのように、そっと目線を下にずらした。

その瞬間を逃《のが》さず、杏珠は彼の元から逃げ出した。

これ以上もう、他の女性宛ての愛の囁《ささや》きは耳にしたくなかった。

「会いたかったよ、愛する人」

自分以外の女性に、あの指が、手が、腕が、胸が、体が、触れる光景を目にしないために、決して後ろはふり返らない。

(どうして?)

自分でもあまりにも理解不能で、手も付けられないほどに心を支配し、勝手に暴れまわるこの感情を、何と呼ぶのか杏珠はまだ知らない。

(瑠威!)

おそらくは神泉の畔《ほとり》で初めて会ったあの時から、彼から目が離せなくなっていた自分にも、杏珠はまだ気が付いてはいなかった。

第三章

『神泉《しんせん》の巫女姫《みこひめ》』の就任を祝う宴《うたげ》を開くので、杏珠も出席するようにとの知らせが王からもたらされたのは、それからひと月後のことだった。

杏珠はあれきり、瑠威とは一度も顔を合わせていない。彼に会いたくなかったので、神泉に捧げる祈りは、もっと朝の早い時間に行うようにした。

朝食や身支度の時間も全て繰り上げになるのですからと、李安《りあん》は嫌な顔をしたが、結局は杏珠の気持ちに合わせてくれている。

それは嬉《うれ》しかったし、有難いことだとも思っていたが、そうまでして欠かさず行っている神泉への祈りが、全く成果を上げていないことには、一抹《いちまつ》の不安を感じてもいた。

その思いは日が進むにつれ、少しずつ杏珠の心の重荷になりつつあった。

「そうあからさまに面倒くさそうな顔をしない。就任してからひと月以上も経ったというのに、どうして今頃？　なんて思いは陛下の前では決して顔に出してはなりません。いいですね」

「はい」

まるで母親のように厳しい李安《りあん》の言いつけに、杏珠《あんじゅ》はしぶしぶと頷《うなず》いた。

王からの誘いであり、自分が主役の宴である以上、杏珠が今宵《こよい》の祝宴を欠席することは有り得ない。けれども彼女は、できることならば出席したくなかった。

就任の儀の時のように、慣れない盛装で具合を悪くするのは嫌《いや》だし、『神泉《しんせん》の巫女姫《みこひめ》』として良い働きができているとも思えないのに、皆の前に出るのは心苦しい。

それに何より、どういった役職にあるのかは知らないが、巫女姫就任の儀にも付きあわせたほどの王のお気に入りと思われる瑠威が、宴に出席していないはずはなく、それを思うだけで憂鬱《ゆううつ》を通り過ぎて、拒否反応が出てしまう。

「嫌だな」

口に出して本音を漏らしてしまい、だらしなく榻《ながいす》にうつ伏せで寝転がった杏珠に、桜花《おうか》が優しく声をかけてくれた。

「そんなにお嫌でしたら、急に具合が悪くなったなどと言い訳して、休んでしまわれては？」

「桜花！」

杏珠は桜花の提案に大喜びして、喜び勇んで榻の上に座り直したのに、李安に一刀両断に切って捨てられた。

「ダメです。そんな仮病《けびょう》は私が許しません」

涙ぐんだ杏珠は、救いの手を求めて夕蘭《ゆうらん》に視線を送ったが、静かに首を横に振って擁護を拒否される。これで八方塞がり。杏珠にはもう逃げ道はない。

「出席すればいいではないですか。それで後宮の妃嬪《ひひん》がたにせいぜい愛想をふり撒《ま》いて、最近どんどん苛烈になって来ている嫌がらせを今すぐ食い止める。それこそが巫女姫様が、何を差し置いても今優先するべきことだと私は思います」

巻子《かんす》に目を落としたまま滔々《とうとう》と語り続ける李安の言葉を聞いて、桜花も夕蘭も杏珠も小さなため息をついた。

確かに李安の言うとおりだった。

王に下賜された白磁の花器《かき》をこっそりと盗み出し、割るという暴挙に出た何者かは、それからも度々杏珠に嫌がらせを仕掛けてくる。

もちろんその全てが同一人物の仕業であるとは限らず、複数犯の可能性もあるが、杏珠が何者かに嫌がらせを受けていることだけは事実だった。

衣は裂かれ、簪《かんざし》は折られ、王へとしたためたお礼の文《ふみ》は破いて捨てられる。

挙句の果てには杏珠の毒見役を兼ねている桜花が、お茶を飲んで体調を崩し、そのお茶に何かが盛られていたことが判明した。

「もう許せない！」

杏珠《あんじゅ》は激しく憤《いきどお》ったが、相手が誰であるのか判別がつかないので、怒りを向ける矛先《ほこさき》もわからない。

いたずらに気分を害すばかりの度重なる嫌がらせは、最近杏珠が塞ぎ込んでいる要因の一つともなっていた。

「やっぱり李安《りあん》は、妃嬪《ひひん》のどなたかが私に嫌がらせをしていると、そう思うの？」

李安は巻子《かんす》から顔を上げ、事もなげに頷いた。

「当然でしょう。陛下が巫女姫《みこひめ》様に何かを下賜《かし》なさったり、文《ふみ》を送られたりされた時に限って、決まって何かが起こるのですから」

「そうよね……」

「本当に、今後も後宮に入られるおつもりはないのなら、この際国王陛下にも、その愛妾《あいしょう》がたにも、ハッキリとそう仰《おっしゃ》ってしまえばいいのです。そうすれば嘘《うそ》のように嫌がらせは止《や》むでしょう」

「そうね」

宴の席で公然と宣言するのは難しいが、李安の言うように、せめて王にだけでも自分の意向をしっかりと伝えておいた方がいいかもしれない。

そう考えて、杏珠はようやく重い腰を上げた。

「それじゃ仕方ないから、今日のところは出席しておくわ。今後はこういう席もご辞退いたしますと、しっかり伝えて来ればいいのよね」

「そう。その意気です」

杏珠が立ち上がるのと同時に、李安は手にしていた巻子を巻き直し、隣の居室《いま》へと移動する。

会の流れの中で巫女姫から何かお言葉をという流れになった時に、杏珠が慌てなくてすむよう、おそらく簡単な挨拶文を考えておいてくれるのだろう。

李安の草稿さえあれば、たとえ百官を前にしたとしても怖気《おじけ》づく必要はない。

杏珠は頼もしく李安の背中を見送ってから桜花に手を引かれ、臥室《しんしつ》へと着替えに向かった。


しかし、巫女姫就任の儀を彷彿《ほうふつ》させる衣や装飾品の山は、杏珠を一気に憂鬱な気分にさせた。

「どうしても……着なければダメ？」

「ダメです」

夕蘭《ゆうらん》にゆっくりと首を振られ、それで覚悟を決める。前回の失敗から学んで、髷《まげ》に挿す歩揺《ほよう》や簪《かんざし》の数は幾分減らされていたが、その分指輪や帯留め、玉飾りなどの数が増えていた。

「こんなに……いらないでしょう？」

髪や首筋ばかりではなく、指にも香油を塗り込んでくれる桜花《おうか》に、助けを求めるかのように尋ねる。杏珠の期待に反して、桜花は困ったように眼を瞬《またた》いた。

「必要ですよ杏珠《あんじゅ》さま、今宵は杏珠様が主役なのですから、どなたにも負けないよう美しくしてお出かけにならなければ……」

どれほど長い時間をこの後宮で過ごしても、そういう考え方にだけは慣れないだろうなと杏珠は思う。

それほど華美な装飾品はいらない。自分に見合った程度に小綺麗にして、もっと動きやすい恰好《かっこう》で自由に行動できたほうがいい。——そうここに来る前までのように。

そこまで思い当たって、また重いため息が出てしまった。

杏珠がそういった慎《つつ》ましい生活に戻れるのは、お役が無事に全《まっと》うできた暁《あかつき》にだ。

つまり神泉《しんせん》の巫女《みこ》姫《ひめ》として天の御使《みつか》いを呼び出すことに成功し、干乾《ひから》びた国土に恵みの雨を降らせることができなければ、いつまで経ってもここからは帰られない。

あてもなくただ神泉に祈りを捧げ、いたずらに年を重ねて行くだけの日々。

そう思うとゾッとした。

それくらいならばいっそと王の情けに縋《すが》り、妃嬪《ひひん》の一人として後宮に身を投じてしまいたいと思う心境はわからないでもない。

現に先代も、先々代もその前も、少なくともここ三人の巫女姫が、そうして国王の愛妾となっているのだ。

（でも私は……！）

頭に一瞬過《よぎ》った誰かの面影を、首を振る動作でどこかに追いやる。自分はここに、巫女姫として祈りを捧げるために来たのだ。

心にかける人物などいるはずがないし、居てはいけない。それよりも――。

巫女姫として、乾いた国土になんとしても恵みの雨を降らせたいという使命感に燃えていた、ここに来たばかりの頃を思い出す。

自分こそという自信はなかったが、気概ならば誰にも負けないほど溢れていたはずだった。

（うん。やっぱり頑張ろう。神泉への祈りも、明日からもっと心を込めて捧げよう！）

全ては今宵の宴を無事乗り切った暁には。

そう決意して出かけたのに、この宴に出席したばかりに、杏珠の運命は思わぬ方へと転がり始めた。


その晩の宴は、漣捷国《れんしょうこく》国王――壮忠篤《そうちゅうとく》の四妃《しひ》の一人である宝妃《ほうひ》――揺麗昌《ようれいしょう》が暮らす、宝星宮《ほうせんきゅう》で行われた。

四妃は王の妃嬪《ひひん》の中でも最も位が高く、特に宝妃麗昌は国政の中心を担う揺宰相を父に持ち、後宮でも権勢を誇っていた。

故に彼女が住まう宝星宮は、杏珠の露翔宮と造り自体はよく似ていたが、宴の舞台となった園林《ていえん》の広さ、見事さは比べるべくもない。

神泉の周りでさえもあまり葉を付けていない樹木が、宝星宮《ほうせんきゅう》では見事に繁《しげ》り、その根元には、花々までも植えられていた。

小川をかたどった水路は園林《ていえん》中に張り巡らされ、中には実際に泳いでいる魚の姿もある。

雨の少ない漣捷国では、水は富の象徴であり、故に、豊かな緑と水に彩られた宝星宮は、そのまま主である揺麗昌《ようれいしょう》の後宮での権力の大きさを物語っていた。

「どうぞ、巫女姫《みこひめ》さま、もう少しこちらにいらっしゃいませ」

女主人として杏珠《あんじゅ》を宴に招いた形の麗昌は、妃嬪たちが集まった席でも一段高い席に陣取り、皆を見下ろすような格好で端座《たんざ》していた。

妃嬪たちとは異なる場所で、一人寂しく座っていた杏珠に声をかけ、自分の傍《かたわ》らに呼び寄せようとする。

「はい」

素直に立ちあがった杏珠を見て、他の三人の妃らの周りが密《ひそ》かにざわめく。

「麗昌さまの味方に付いたということ?」

「この場では仲良くしておこうということでしょ」

これ見よがしの陰口《かげぐち》は、元より隠すつもりもないようだ。庭に引かれた毛氈《もうせん》の上を杏珠が滑るように移動するたびに、ざわめきの発せられる位置も動く。

「陛下もあんな子供みたいな方のどこがいいのかしら」

「うちの姫さまの方がずっとお美しいのに」

「巫女なんですもの、純真さが売りなんでしょ」

女ばかりが何千人と暮らす後宮という場所は、つくづく恐ろしい所だと杏珠は思った。

見たところ、今杏珠を傍に呼び寄せてくれた麗昌と彼女を支持する一派が、一番大きな派閥のようなので、ここは麗昌の言うとおりに動いて間違いはなさそうだ。

後は宵に紛れてか、酔った勢いでか、自分に王の妃嬪になる気持ちはないことを告げ、彼女たちに恭順の意を示せばいい。

出かける前に案じていたよりも、いざ宴に来てみれば案外ことは楽に済みそうだった。

ところが――。

「せっかくの宴なのだから女ばかり固まっていないで、もっと席を移動したらどうだ。巫女姫、こちらに参られよ」

妃嬪らが座した席の真向いにある席の一番高い場所から、快活な声が杏珠を呼び、その瞬間、辺りは静寂に包まれた。

音楽を奏でていた楽士等が気を利かせ、演奏の音量を大きくし、なんとも気まずいその場の雰囲気はいくらか解消されたが、勧めに従って行先を変えた杏珠の背中に突き刺さる視線は、実際の矢のように鋭く容赦がない。

「ほら」

「やっぱりね」

揶揄《やゆ》するような囁き声は、王が杏珠《あんじゅ》を自らの近くに招き寄せたからだ。

――ゆくゆくは王の愛妾《あいしょう》に。

杏珠が巫女姫《みこひめ》の任についてからというもの、まことしやかに噂《うわさ》されていた話は、王の一言で事実であるとその場に居合わせた殆《ほとん》どの人間に認識されてしまった。

ほんの幾人かを除いては――。

その中の一人であり、当の本人である杏珠は、絶妙に悪い間合いで自分に声をかけた王に、怒りを通り越して恨みの念を抱いてしまいそうな気分だった。

(どうしてよりによって麗昌《れいしょう》さまに呼ばれた時に、自分の方に呼び寄せるのかしら。間が悪いにもほどがあるわ!)

おそらくもう、麗昌は杏珠に声をかけてもくれないだろう。

その証拠に、つい先ほどまでにこやかに微笑《ほほえ》んでいた美しい顔が、王の声掛けを耳にした途端見るも恐ろしい形相に変わり、果ては杏珠を睨《にら》みつけながらプイッと顔を逸《そ》らしてしまった。

これで杏珠に対する嫌がらせが尚深刻化したならば、犯人はひょっとすると麗昌《れいしょう》かもしれない。

(いえ……わからないわ……)

射殺さんばかりの強さで背中に注がれている視線は、一つや二つではないだろう。その全てが嫌がらせの犯人だったとしたなら、杏珠の命は最早《もはや》いくつあっても足りないほどだ。

（本当に余計なことを……！）

落胆のあまり大きく肩を落としながら、杏珠は王が座する席へと足を引《ひ》き摺《ず》るような思いで歩み続けた。


杏珠以外にその宴席でもう一人、王が巫女姫を自分の近くに呼び寄せた行為に、違う意味を感じ取った人物がいた。

彼は他ならぬその王の背後に立ち、表向きは貴き御身《おんみ》を守る役職にあったが、さすがにこの時ばかりは、守護するべき背中に腰に佩《は》いた剣を抜いて切りつけてしまいたい衝動に駆られた。

「どういうつもりだ？」

ついつい声音も、普段の彼とは違い、凄みの利いた低いものになってしまう。

「どうって……結局、就任《しゅうにん》の儀では近くで顔も見られなかったし、いい機会だから会ってみたいと思ったんだよ。君の巫女姫に」

「別に……私のというわけではない……」

「え？　違うの？　その割には太廟《たいびょう》で倒れてしまった時には、私に指一本触れさせないばかりか顔も見せないで、さっさと抱き上げて連れて行ってしまうし……彼女が神泉に祈りを捧げる時間には、決まって私の傍《そば》を離れて、勝手にそっちに行っちゃうし……」

黙ったまま王の話を聞いていた武官の格好をした青年の背が、怒りでブルブル震え始める。

「好きなら好きって言っちゃえばいいのに……気のない女には平気で甘い言葉を囁《ささや》きまくるくせに、本気の相手にはまるきり弱腰なんだから……」

あまりの暴言に堪えきれなくなり、とうとう武官はスラリと刀を抜いた。

「言いたいことはそれだけか？　……忠篤《ちゅうとく》」

親しい口調で敬称ではなく名前を呼ばれた王は、それを咎《とが》めることもなく、背後に立つ人物を鷹揚《おうよう》にふり返った。

「ああそうだよ、瑠威《りゅうい》」

厳しい視線と視線が刃を交え合う。息も止まるような瞬間。

しかしその時、ようやく王の前へと到着した杏珠《あんじゅ》が衣の裾を踏んでしまったのか、毛氈《もうせん》の重ね目に足を取られたのか、体の均衡を失ってコロンとその場に転んだ。

「あ！」

「…………！」

王と瑠威が彼女に視線を移して、息を呑んだのは同時だった。

特に瑠威の方は、今すぐにでも飛び出して行きたいところを必死に堪えている様子で、剣を掴んでいない方の手をギュッとこぶしに変えて握りしめる。

　転んでしまった杏珠はすぐに起き上がり、顔を真っ赤にしながら、恥ずかしげに衣服の乱れを整えている。どうやら怪我《けが》はないようだ。

　その様子を見てホッと息を吐いた瑠威に、王は呆《あき》れたような目を向けた。

「そんなに心配なら、前みたいにいつも傍に控《ひか》えていればいいじゃないか。巫女姫《みこひめ》が来て最初の頃はずっとそうしていたのに、どうして最近は神泉に行かないんだ？」

「…………私にはその資格が無い」

「石頭」

　むっつりと押し黙ってしまった瑠威は、杏珠がよく知っている優美な笑顔の彼ではない。しかし杏珠に見せる顔も、王に見せる顔も、どちらも彼の本質には違いなく、どこで差が生じるのかと問われれば、それはもう付き合いの長さとしか言いようがない。

　王が生まれた時からずっと見守ってきた瑠威は、いつの間にか自分よりも年上のような風格になってしまった王に、これまで幾度となくくり返してきた言葉を今日も返した。

「仕方がない……私は出来そこないだから」

「そんなことはない！」

　常に笑みを含んでいるふうだった王の顔から、その瞬間一切の柔らかさが消えた。そこにはただ、王者たる威厳と意志の強さばかりがありありと漲《みなぎ》っていた。

「そんなことはないぞ、瑠威《りゅうい》！」

真剣な眼差《まなざ》しから目を逸らし、剣を鞘《さや》に収め、瑠威はもといた自分の持ち場へと下がる。

銀色の髪を夜風にそよがせながら、苦笑気味に呟いた。

「忠篤《ちゅうとく》はいつもそう言う」

「瑠威もいつもそう答える」

二十年近くもずっと続けて来た彼らの押し問答は、今宵《こよい》もやはり新しい答えが生まれそうにはなかった。


小石が敷き詰められた小道の上に毛氈《もうせん》を敷くというなんとも歩きにくい行路を、ようやくの事で歩ききり、王の御前《ごぜん》に辿《たど》り着《つ》いた瞬間に、杏珠《あんじゅ》は体の均衡を失ってその場に尻餅をついた。

もし李安《りあん》が遠くからでもこの場面を見ていたならば、耳を塞ぎたくなるほどの大きなため息をつかれるところである。

幸い今宵は露翔宮《ろしょうきゅう》で留守番をしてくれているので、なんとかその不運だけは免《まぬが》れたが、更に運の悪い事には、ちょうど杏珠の動向に、宴席に参加した全ての人々の視線が集中していたところだった。

故に目撃者の数は百人を超えたと思われる。真後ろとなった妃嬪《ひひん》たちの席からは、クスクスといくつもの嘲笑の声が聞こえてきた。

恥ずかしさに顔を真っ赤にしながらも、杏珠は気丈にすぐに立ち上がった。乱れた衣を整え、付いた埃《ほこり》を手で払う。

けれどもなかなか、伏せた面を上げることだけはできない。

杏珠が王の御前で転倒してしまったのは、なにも衣を踏んでしまったわけではない。ましてや何かに足を取られたのでもない。

ただ王の座する席の近くまで来て、挨拶を申し上げる前にチラリと竜顔を拝し、そして見てしまったのだ。王の背後に、ある人物が佇《たたず》んでいる姿を――。

顔を合わせなくなってからはまだほんのひと月ばかり。その間に自分から会いたいとは思わなかった。会えば、お役一筋に仕えようとする心を乱されるばかりだと分かっていた。

今宵もひょっとしたら彼に会うかもしれないと考えただけで、宮から出たくないほど憂鬱になった。

それなのに、夜風に揺れる銀糸《ぎんし》の髪と真摯《しんし》な瑠璃《るり》の瞳を目にした途端、全ての憂いが杏珠の中から吹き飛んだ。

瑠威がそこにいる。――ただそう思っただけで、涙が零れ出しそうなほどの熱い思いが胸に込み上げ、杏珠はしっかりと自覚してしまった。

自分はこんなにも彼が好きなのだと――。

生まれたばかりの未《いま》だよくわからない感情は苦しいばかりで、どう対処したらいいのだかまるでわからない。

神泉《しんせん》の巫女姫《みこひめ》として、初めて正面から王に見《まみ》える機会で、李安《りあん》が立派な挨拶文も考えてくれたのに、その全てがもう杏珠《あんじゅ》の頭にはない。

ただ、一人の恋する乙女として、慕う相手の顔さえまともに見られず、王の御前《ごぜん》で頭を垂れ続けるばかりだった。

「よく、来られた。さあ、近くに参られよ」

厳かな口調のため、年配かとも思われる漣捷国《れんしょうこく》国王――壮忠篤《そうちゅうとく》は、実はまだ若い王なのだということを、杏珠は知っている。

先程チラリと顔を盗み見たせいでもあり、巫女姫就任の儀でも、太廟《たいびょう》に足を踏み入れた際、しっかりと目にしたからだ。

目も鼻も口も大きく、彫《ほり》が深く、溌剌《はつらつ》とした印象の、どちらかと言えばしっかりとした骨格の美丈夫。剣の腕も立つし、頭も切れる。まだまだ年若いが、ゆくゆくは歴史に名を残す賢帝となるだろうと、もっぱらの噂だった。

普通の少女ならば、その王の妃《きさき》にと望まれれば喜んで話を受けるだろう。

杏珠にしても、いくら巫女姫として務めてもまったく成果が上がらず、是非にと望まれれば、父親の手前、承諾したかもしれなかった。しかし――。

その姿を目にしただけで胸が苦しくなるほどに恋焦《こいこが》れる相手に、出会ってしまった。それも、お役のために訪れたこの宮城で。

瑠威《りゅうい》の口ぶりから、彼が杏珠を「神泉の巫女姫」としか認識していないことはわかっているし、自分に特別な感情を持ち合わせていないことも知っている。

しかし杏珠自身はまともに彼の顔も見られないような状態である。にも関わらず、その瑠威の目の前で、王は自分に何を宣告しようというのだろうか。

不安に怯《おび》えながら階《きざはし》を上った杏珠に、王は自ら手を差し伸べ、隣の席へと座らせた。

篝火《かがりび》の心許《こころもと》ない灯《あか》りしかない宴席では、まだあちらこちらに暗闇が残っていて、いかに最上の席にあっても、隅々まで見渡すことはできない。

暗闇に紛れて、悪意の込もった視線が杏珠に向けられている気がする。

あちらからも。こちらからも。

見えない所でいったい何人の女性が歯ぎしりしているかと考えると、杏珠は一刻も早くこの場所から逃げ出してしまいたかった。

「もう、こちらでの生活には慣れられたか？」

杏珠が手にした杯《さかずき》に手ずから酌をしてくれ、朗らかな調子で語りかけてきた王に、杏珠は緊張しながらも頷き返した。

「はい」

「何か困ったことはないか？」

「いえ、特に……」

実際は困ったことだらけだったが、それを王に言っても始まらない。告げ口をしたと尚更《なおさら》嫌がらせが酷《ひど》くなっては、本末転倒だ。

「そう。では、これから何かあったら遠慮なく言ってほしい。いつでも私に代わって、この男が手助けに行くから、ね、瑠威《りゅうい》」

突然王に話を振られ、瑠威が驚いた顔でこちらを見た。杏珠《あんじゅ》はやはりその顔を真正面から見つめることができなくて、面を俯《うつむ》けた。

「どうして私が？」

憮然《ぶぜん》とした瑠威の声は、いつもとはかなり違って聞こえる。けれど声が聞けた――それだけで杏珠は嬉しい。

「どうしてって……私が巫女姫《みこひめ》の手にちょっと触ったくらいで、また剣を抜こうとしただろ。ちゃんと聞こえたんだ、誤魔化そうったってそうはいかない」

「…………」

「君が嫌なら他の武官を行かせようか？　花のように可憐《かれん》な巫女姫に相応《ふさわ》しいくらい美丈夫な奴《やつ》がいいかな？　それともいっそ、前からずっと巫女姫のことを可愛《かわい》い可愛いと言ってた奴とか……」

「私が行く」

王が皆まで言い終わらないうちに、瑠威が鋭い一言を発した。

驚きのあまりに杏珠は思わず顔を上げてしまい、期せずして、こちらを見ていた瑠威とちょうど目線が合った。

火が点《つ》いたように顔を赤くした杏珠と同様、瑠威の色白な面もうっすらと赤く染まったような気がする。

二人の顔を交互に見比べながら、王がため息を吐く。

「他の男には見せたくもないいくらい大事なら、意地張ってないでちゃんと傍《そば》で見守ってなよ。そうしたくてもできない恋人同士だって、世の中にはたくさんいるんだからさ……」

まるでもう下がって良いとでも言うふうに、杏珠に向かって王がヒラヒラと手を振り、それを合図に瑠威が王の前に歩み出た。

「行こう」

手を差し出され、その場に立ち上がらせてもらいながら、杏珠は瑠威の顔を見上げた。

ずいぶん久しぶりに、こんなに近くから彼を見つめた。

何を話したらいいのか。考える余裕さえなく、端的《たんてき》な言葉しか口から出て来ない。

「どこに行くの？」

「どこでもいい。こいつの声が聞こえない場所なら……」

「久しぶりの再会を、折角《せっかく》お膳立てしてやった恩人に、ずいぶんな物言いだな」

「うるさい、暇人が」

「酷いな、本当は嬉しいくせに」

「……黙れ」

二人の問答は、瑠威《りゅうい》が杏珠《あんじゅ》の手を引いて王の席から立ち去るまで続き、その間杏珠は、笑い出したい気持ちを堪えるのに必死だった。

宴会用に篝火《かがりび》が焚《た》かれた一画から外れ、雅《みやび》な園林《ていえん》をどこへともなく歩く。繋《つな》いだ手を瑠威がいつまでも放さないことが、杏珠には嬉《うれ》しかった。

竹林の中の、月明かりを楽しむために建てられたと思われる園亭《あずまや》に着き、瑠威はようやく掴んでいた杏珠の手を放した。解放されてしまった手が、今は少し寂しい。

遠くに宴会の楽の音が聞こえる。けれど二人の周りでは微《かす》かにどこかで虫の鳴く音と、竹の葉と葉が擦れるさやさやという音が聞こえるのみ。

それよりはむしろお互いに、自分の心臓の音の方がやけに大きく感じた。

石で造られた椅子に隣りあって腰を下ろしたまま、いつまでも瑠威が口を開かないので、思い切って杏珠は自分の方から彼に話しかける。

「陛下ってあんな方だったのね。それに瑠威も……あんな顔を初めて見た」

笑いが引《ひ》き攣《つ》らないように苦労しながらそこまでを言うと、瑠威に困惑したような顔を向けられた。

「王とは……忠篤《ちゅうとく》とは、子供の頃からよく知っている仲なんだ。彼が生まれた時から、私は彼の傍にいる。それを今さら王になったからには態度を改めよと言われても、お互いにできるはずがない」

「ええ。そんな感じだった」

いかにも気心が知れたといったふうな二人のやり取りは面白かった。それに瑠威の普段見られないような顔も見られたし、思いがけないことも聞いた。

そう思い出して、杏珠の胸はトクンと鳴った。

王の口ぶりからすると、瑠威は単なる『神泉《しんせん》の巫女姫《みこひめ》』として杏珠を見ているふうではない。現に他の男に守らせようかと王が持ちかけたところ、瑠威は自分から「私が守る」と言ってくれた。ということは、少しは期待を持ってもいいのだろうか。

期待するだけして、それが肩透かしになった場合が怖く、杏珠はその件に関しては何も尋ねられない。その代り、明日からはまた以前のように神泉《しんせん》の畔《ほとり》で会うという約束を取り付けた。

「できたらこれからは、他の女の人との約束はなしで……」

消え入りそうな声で、頬《ほお》を染めてそうねだった杏珠に、瑠威は笑いながら「もう会っていない」と告げた。

「本当に？」

目を瞠《みは》る杏珠《あんじゅ》に、やはり微笑みながら「ああ」と答える。

「でもそれじゃ、気とかいうものが足りなくなって、瑠威《りゅうい》が死んでしまうのじゃなかったの？」

無邪気に問いかける杏珠に瑠威はすっと手を伸ばした。

それはこのひと月ほどの間、会いたいと思っても会うことができず、彼がずっと恋焦がれていた、たった一人の相手だった。

「無理に力を使おうとしなければ大丈夫。神泉の水が減って杏珠が悲しむのでなければ、もう力は使わなくてもいい……私は、そう決めたんだ」

「……そう」

瑠威が語ることの大半は、杏珠が理解できる内容ではない。

彼はどうやら普通の人ではないようだし、何かしら秘密を抱えていることもわかっている。

それでも杏珠にとってもまた、たった一人の相手には違いなく、真剣な眼差しを注がれれば、気持ちの誠実さは伝わる。言葉に嘘《うそ》はないとわかる。

だから不満や不安を持たず、ただ彼と会える時間を、日々心待ちにしていようと思った。

神泉に祈りを捧《ささ》ぐ、巫女姫《みこひめ》としても重要なひと時。その時間を瑠威とまた共有できると思うだけで心が躍った。

これまで、できなかったことでも、できるようになるかもしれないような気がした。

第四章

「ねえ桜花《おうか》、この薄紅の長襦《ちょうじゅ》にはこちらの緋色《ひいろ》の裙《くん》がいいかしら、それとも桃色かしら？」

夜がまだ明けきらない露翔宮《ろしょうきゅう》には、今日も早朝から杏珠の楽しげな声が響いていた。

以前は広すぎて落ち着けないと嘆いていた牀榻《しんだい》で、ようやく眠れるようになったとは言うものの、どうやらまだ熟睡はできないらしい。

毎朝毎朝、尋常ではない早起きをされて、杏珠の身の回りの世話をする侍女たちはすっかり寝不足に陥《おちい》っている。

おかげで本来は、杏珠の衣服を選んだり、料理の献立を考えたりといった任に当たる宮女である桜花が、直接杏珠の着替えを手伝うこともある。

とは言っても、もともと自分で着替えをしたり、料理をしたりという生活をしていた貧乏貴族出身の杏珠である。

桜花の手を煩《わずら》わすことも少なく、ほとんどのことは自分でやってしまうのだが、最近の杏珠の浮かれぶりは、桜花の目から見ても少し異常なほどだった。

鼻歌を口ずさんでいたかと思うと、不意に何かを思い出した様子で頬《ほお》を赤らめている。楽しげに笑っていたかと思うと、次の瞬間には物思いに耽《ふけ》っている。

ここがもし宮城《きゅうじょう》の内殿の奥でなかったならば、誰かに恋でもしたのだろうと納得するところだが、露翔宮《ろしょうきゅう》は後宮の中にある。

男性が立ち入ることができない以上、ここで誰かに恋をすることは不可能だ。たった一人の例外を除いては――。

そのたった一人に思いを馳《は》せ、桜花《おうか》は少し沈んだ気持ちになった。

自然と杏珠《あんじゅ》に応える声も、沈みがちになってしまう。

「そうですね。今日はお天気もいいですし、明るい桃色の方になさったらどうですか？」

「ええ。そうね」

素直で真《ま》っ直《す》ぐな気性の杏珠は、女性である桜花から見ても実に好ましい。

まだ少女の面影を残しているが、面差しは可憐で愛らしく、もう二、三年もしたら誰もが憧れるような美姫《びき》になるだろう。

巫女姫《みこひめ》とは言っても、その任は単なる儀式を執り行うに過ぎず、ゆくゆくは王の妃《きさき》となる者も多い。故に桜花の憂いも、余計な危惧だと笑い飛ばせる種類のものではなかった。

先日の巫女姫歓迎の宴《うたげ》で、杏珠はどうやら王の席に呼ばれたらしい。

宴席に出席できなかった桜花は、顔馴染《なじみ》の宮女からその時の様子を伝え聞いたに過ぎないが、王は大変杏珠を気に入り、彼女が退席した後も、ずっと上機嫌だったという。

　杏珠の方がどういう状態かと言えば、その宴の翌朝から、まるで恋する乙女のようになってしまっていることは誰よりもよく桜花が知っている。

　ひょっとしたら杏珠は、宴の席で王に恋をしたのかもしれない。そして王もまた、可憐な彼女を見初めたのかも。

　ともなれば、これから杏珠が進む道は自《おの》ずと決まる。

　王の妃嬪《ひひん》として後宮に入り、幾多の愛妾《あいしょう》の中でたった一握りの人間にしか与えられない寵愛《ちょうあい》を争って生きるのだ。

　それが本当に杏珠にとって幸せなのかを考えれば、桜花は憂《うれ》い顔にならずにはいられない。

「桜花？　聞いてる？　今度はこの簪《かんざし》とこの髪飾りなんだけど……」

　王に会えるという確約があるわけでもないのに、装いに気を遣い、あれこれと惑う杏珠は可《か》愛《わい》らしかった。真に支えてあげたいと桜花は思った。

　だからこそ彼女には、やらなければならないことがある。

　心に秘めた思いは誰にも――もちろん杏珠にも悟られることなく、桜花は今朝も彼女に柔らかな笑みを返した。

「そうですね。衣の色を考えたらこちらの髪飾りの方が……」

　なんの憂いも翳《かげ》りもなく、真っ直ぐに自分を見つめる杏珠の綺麗な菫《すみれ》色の瞳が、桜花には眩しく、少し妬《ねた》ましかった。

泉の畔《ほとり》に真白い花器《かき》を立て、ようやく一輪だけ花を付けた撫子《なでしこ》を挿し、瞳を閉じて真摯に祈る。

（天の御使《みつか》い様よ、どうぞ私の前に姿を現し下さい。そしてこの国に恵みの雨を降らせてください）

一度李安《りあん》に教えてみたならば白い目で見られ、以降誰の前でも披露《ひろう》したことのない神泉への祈りを、杏珠《あんじゅ》は今日も心の中だけでくり返した。

すでに日課となったこの儀式で、天の御使いが杏珠の前に姿を現したことはない。

しかしむしろ天の御使いよりも彼女の心を震わす相手ならば、きっと瞳を閉じているうちに、この場所に到着しているはずだ。

祈りを終えて目を開いてみると、今日も自分の隣に当たり前のように瑠威《りゅうい》が腰を下ろしていて、杏珠は嬉しさに頬を綻ばせた。

「おはよう、杏珠」

「おはよう……瑠威」

見つめられるとそれだけで、幸せのあまり胸がいっぱいになる。

ふわふわと宙に浮いて天まで昇って行ってしまいそうな気持ちを、こうして地面に繋《つな》ぎ止《と》めておくだけで、杏珠は毎日精一杯だった。

「今日の衣も可愛い。その簪《かんざし》も……よく似合っている」

女性に甘い言葉を囁くのに躊躇《ちゅうちょ》のない所は、瑠威は相変わらずだ。

杏珠にもまた臆せず言ってくれるようになったところを見ると、以前少し距離を置いていた時よりは、杏珠を身近に感じてくれているのかもしれない。

実際の距離を近づけることで、心の距離をも近づけようとするかのように、杏珠は心持ち瑠威に体を寄せた。

ゆっくりと肩にまわされる瑠威の手は、まるで羽が生えているかのように軽い。

そう言えば少し痩せたのではないかと、隣にある横顔を見つめて杏珠は少なからず驚いた。思っていた以上に、瑠威は痩せていた。細面の顔に影が目立つほどにげっそりとしている。

もともと男性としては華奢《きゃしゃ》な体躯《たいく》で、よくそれで武官が務まるものだと杏珠は常々感心していたが、腕の筋肉もすっかり削《そ》ぎ落ちて、ふっくらと肉の付いた自らの二の腕を思い浮かべれば、最早《もはや》どちらが太いのかさえ怪しい。

「瑠威？」

確かめるように手を伸ばして衣の上からペタペタと触ってみた胸板も、以前抱きしめられた時に感じたような厚みはなく、寧《むし》ろ骨が浮き出ているようだ。

「…………！」

自分の上に覆《おお》い被《かぶ》さるようにして乗りかかりながら、急に体をあちこち触り始めた杏珠《あんじゅ》に、瑠威《りゅうい》は面喰《めんくら》い、戸惑っていた。

「杏珠……何してるの？」

「何って！」

杏珠はキリッと眼差《まなざ》しを強くし、半ば瑠威に乗りかかった体勢のまま、彼の顔を見上げた。

「どうしてこんなに痩《や》せてるの？　瑠威、まさか悪い病気にでもかかってるんじゃ……」

真剣に心配するあまり、すぐに涙が浮かんでしまった杏珠の顔があまりに可愛らしく、瑠威は両手を広げて彼女を抱き締めた。

「大丈夫、病気なんかじゃない。ただちょっと、気が足りないだけだよ」

「気？」

瑠威と話をしていると、度々出てくるその『気』というものがどんなものなのか、杏珠は本当にはわかっていない。

けれど瑠威が生きていく上で必要だと言っているくらいなのだから、よほど大切なものなのだろう。

「無理をしなければ大丈夫なのじゃなかったの？　これじゃ……最終的には死んでしまうわ！」

「うん。そうだね」

出会ってそう経《た》たない頃、冗談めかして瑠威にそう言われ、思わず杏珠は、ならば自分から取ればいいと言ったことがある。

気を補充するという名目で、瑠威が常に他の女性と会っているのが、悲しかったからだったし、悔しかったからだった。

結局その時は途中で杏珠が逃げ出してしまい、実際にどういうことを行うのかはまだ教えてもらっていないままだが、その『気』がこれほどまでに足りていないということは、宴の夜に彼が言っていたように、もう他の女性からは取っていないということだろうか。

（……私のために？）

神妙な心持ちで、すっかり痩せてしまった瑠威の胸に頰《ほお》を寄せていると、頭上でクスリと笑われる気配がした。

「いいんだよ、気にしないで。私はしょせん出来損ないだし、むしろいなくなった方が助かる人もいるかもしれない」

そう言って旻《そら》を見上げた瑠威につられるように、杏珠もまた彼の胸から顔を上げた。

頭上にはどこまでも青い旻が続いている。首を廻《めぐ》らして確認してみても雲一つない。

「杏珠も……きっといずれは、それでよかったと思うはずだよ」

今にも消えていなくなってしまいそうな声音に、杏珠の胸はキリキリと締め上げられるようた。

「そ……んなわけ……ないじゃない！」

声を大にして叫びたかったのに失敗してしまった。涙声になったためあまり迫力が出なかった。

しかし胸を拳《こぶし》で叩《たた》かれた瑠威《りゅうい》はさすがに驚いたようで、「うっ」と小さな呻《うめ》き声《ごえ》をあげる。

ほんの少しだけ、杏珠《あんじゅ》は申し訳ないという気持ちになる。

けれどたった今、彼が告げた言葉によって切り裂かれた杏珠の胸の痛みに比べれば、そんなもの僅《わず》かな痛みでしかないはずだ。おそらく——。

「いなくなるなんて……そんなこと言わないでっ！　瑠威がいなくなって……それで私が平気でいられるわけないでしょ！」

力強く言い切ってしまいたいのに、どうしても涙混じりになる。しまいには泣きじゃくりながら瑠威の胸に縋《すが》りついてしまって、そんな杏珠の頭を瑠威が優しく撫で始めた。

いつもの構図。優しい瑠威に甘えてばかりの杏珠。その関係をいっそ壊してしまいたくて、杏珠は涙に濡《ぬ》れた頰を手の甲で拭い、敢然と顔を上げた。

「いいわ。私が瑠威に気をあげる。これからもずっとあげ続ける。だから教えて……何をしたらいいの？　どうしたらいいの？」

「どうって……」

に痛んだ。

涙ながらに凄まれ、目の前まで顔を近づけられ、瑠威は完全に言葉を失った。

杏珠から見れば、いつも余裕の笑顔で彼女に接しているように見えるのかもしれないが、瑠威にも感情の起伏ぐらいはある。

その時の瑠威は、愛《いと》しい少女に上から圧しかかられ、胸の上で泣かれ、その上いったい自分は何をしたらいいのかと真顔で迫られ、理性の箍《たが》が外れてしまう寸前だった。

忍耐強い性格で良かったとつくづく思う。

そうでなければとうの昔に、場所も時間も杏珠の都合さえ考えず、彼女を自分のものにしてしまっている。それだけは間違いない。

気を得られなければ得られないで、徐々に体が衰えてそのうち死んでしまうだけ。特に飢餓感のようなものは感じない。

しかし一度絶《た》った後で気を取り込む時には、歯止めが利かなくなることが多く、自分でも制御できなくなる可能性があることを瑠威は知っている。

また巫女姫《みこひめ》である杏珠の気は、やはり他の女性とは比べ物にもならないくらいに素晴らしく、以前ほんの少し触っただけでも、すっかり魅了されてしまいそうだった。

もし一度手に入れてしまったなら、その後は杏珠が望むと望まざるとに拘《かか》わらず、闇雲に手を出してしまいそうだ。

もしそれで杏珠《あんじゅ》を傷つけたり、恐《こわ》がらせたりしてしまってはもう取り返しがつかない。

こうして瑠威《りゅうい》を心から信頼し、自分から全てを委ねてくる杏珠にはもう二度と戻ることはないだろう。

『本気になった相手には弱腰』

以前瑠威を鼓舞するために、忠篤《ちゅうとく》が放った言葉だったが、あまりにも当を得ていていっそ恐ろしいくらいだ。

杏珠の気は欲しい。もちろん彼女がいいと言ってくれているのだから、他の何を差し置いても手に入れたい。けれどそれで彼女が傷つくことは嫌だし、今の関係が壊れることも怖い。

それぐらいならばいっそ、気など求めないまま、自分がいなくなってしまえばいいと思っても、今度は杏珠がそれを嫌だと泣く。

――どうすればいいのかわからない。いつまで考えても答えが出ない。堂々巡りだ。

ずっと考えあぐねて結局どちらにも踏み出せない自分が、酷《ひど》く滑稽だということだけは、瑠威にもよくわかっていた。


「杏珠、目を閉じて」

しばらく逡巡《しゅんじゅん》した末に、結局瑠威は決断した。いくら言い訳と建前を並べてみても、しょせん――杏珠に触れてみたい――その最も単純で純粋な思いには、どんな理屈も叶《かな》いそうにはない。


言われるまま無防備に、自分の眼前で素直に瞳を閉じる杏珠が愛しい。

この先二人の関係がどれだけ変わろうとも、それだけはきっと変わらないだろう。

そう結論付けて、柔らかな弧を描く杏珠の頬《ほお》に静かに指を伸ばした。

指が頬に触れた瞬間、杏珠がビクリと震えたことが分かった。

彼女だって怖いのだ。これからいったい何をされるのか。おそらく内心不安に思っている。

そんな中でも瑠威に手を差し伸べてくれた。言われるままに目を閉じてくれた。

それらに対する感謝の気持ちを忘れることなく、自分はこれから彼女に触れる。

今この瞬間、杏珠は瑠威にだけ、その行為を許してくれている。

それがどんなに幸せなことなのかを噛《か》みしめながら、瑠威は自らの頬を、杏珠の柔らかな頬に押し当てた。

先程指先で触れた時よりも、尚《なお》大きく杏珠の体が震えた。

「杏珠」

優しく名前を呼ぶと、それだけでホッと息をつく。その安堵《あんど》を自分の頬伝いに知る。

耳元で小さな息をついている薔薇《ばら》の花弁のような唇を、自らの唇で塞いでしまいたい衝動に駆られるのを堪《こら》え、唇の僅《わず》かに上方、頬からなだらかに下る曲線に、微《かす》かに唇を当てた。

（ああ……やっぱり……！）

以前、杏珠《あんじゅ》をこういうふうに抱きしめて、気を少し分けてもらおうとした時に感じたのと同じ、圧倒的な「生《しょう》の気」。

気はそれを持つ人によって、不完全なものであったり、澱《よど》んだものであったりと様々だが、杏珠が纏《まと》っているのは生粋の「生《しょう》の気」なのではないかと、手を触れる前から思っていた。

混じり気なしに澄んでいて、あまりにも純度が高い、万物を生み育てるための「生《しょう》の気」。

それを今分けてもらえるのならば、おそらくかなりの体力を回復できるだろう。

僅《わず》かに唇をずらしさえすれば、それを直接口移しで与えてもらえる位置に、瑠威《りゅうい》は今いる。

欲望のままに唇を重ねようとし、震える睫毛《まつげ》が微《かす》かに濡れていることに気が付いた。

食事を前にした動物のような心境になっていた自分を恥じ、瑠威は唇より先に、杏珠の眦《まなじり》に口づけた。

「瑠威？」

驚いたように自分の名前を呼ぶ声に笑みが漏れる。

気を貰《もら》うという言い訳めいた体裁よりも、ただ愛しくてたまらないこの少女に、溢《あふ》れんばかりの気持ちを伝えたくて、瑠威は杏珠の唇にそっと唇を重ねた。

瑠威《りゅうい》に静かにそっと愛おしむように口づけられた時、杏珠《あんじゅ》は泣きだしてしまいそうな気持ちになった。

大好きな人にようやくまた一歩近づけたという嬉しさから。そして他の女性ともこうして、彼が気を分けてもらっていたのだと知ってしまった悲しさから。

——こうすることで瑠威に気を与えられるのなら、昨日も一昨日もその前も、いくらだって自分はそうしたのに。

そう思うのは杏珠の優しさであり、瑠威に対する深い愛情だ。しかし——。

——ひと月前も出会ったばかりの頃も、自分と出会う前でさえも、できることなら彼の過去をずっと遡《さかのぼ》って、全ての口づけを自分とのものに変えてしまいたい。

そう考えるのは、あまりにも醜《みにく》い独占欲ではないだろうか。

『巫女姫《みこひめ》』と呼ばれ、皆に傅《かしず》かれるには、自分の内面はあまりにも醜い。

そう思うと、きつく閉じた杏珠の瞳の端からは、幾筋も涙が零《こぼ》れ落ちた。

涙に気付いた瑠威が唇を離し、杏珠は濡れた瞳を瞬《また》かせる。

頬《ほお》を伝う涙を指先でそっとすくい上げられて、尚更《なおさら》涙が溢れた。

瑠威は心配そうな顔で杏珠をじっと見つめている。

口づけされたことを嫌がって、泣いているのだと勘違いされたくはなくて、自らの手を添えて瑠威の手を自分の頬に押し当てたまま、杏珠はふるふると首を横に振った。

「違うの……」

胸の苦しさで声を出すのも難しい状態なのに、その上泣いてしまったものだから、掠《かす》れたような小さな声になってしまう。杏珠を見つめる瑠威の顔が、ますます心配そうになった。

「何が？」

「嫌なんじゃないの……」

そこまでは上手《うま》く言葉にできたが、その後はいったいなんと続けたらいいのだろう。

『あなたが他の女性ともこうして触れあったのかと思ったら悲しくなった』

『今も未来も過去も、全部自分一人のものにしたくなった』

そう正直に伝えたならば、なんと我儘《わがまま》で独占欲の強い女なのだと呆《あき》れられるだろうか。

自分の中の醜い感情を、瑠威に知られるのは怖い。

けれど彼に勘違いをさせてしまって、悲しませることはもっと怖い。

いくら考えても答えが出るはずもなく、おそらくまだほんの僅《わず》かしか自分から気を取っては いないだろうに、もうこのまま自分の体を腕の中から解放してしまいそうな瑠威の気配に、杏珠は焦《あせ》った。焦った故に言葉を選ぶ余裕がなかった。

「やめないで……」

涙に濡れた目で見つめられながら、上擦った声でそう懇願された時、瑠威がどういう気持ちになったのかなど、男心にまだまだ疎《うと》い杏珠《あんじゅ》にはまったくわからなかった。

頬を上気させた杏珠に身を寄せられ、もう一度口づけをねだられた瞬間、瑠威《りゅうい》の中で何かが弾《はじ》け飛《と》んだ。

建前や体裁といったものがガラガラと音を立てて崩れ落ち、後にはもう好きで好きでどうしようもない少女が、自分の腕の中に居るという状況しか残っていなかった。

強く抱きしめれば苦しがらせてしまいそうな杏珠の体を気遣う余裕もなく、愛しい気持ちのままに自分の方に引き寄せ、理性などかなぐり捨てて、先程よりもっと激しい口づけを交わそうとした刹那、瑠威の腕の中で杏珠の体から力が抜けた。

一瞬、やはりあまりに強く抱き締めすぎてしまったせいかとも思ったが、その程度の力の抜け具合ではない。ぐったりと瑠威の胸に寄りかかり、自分で体を支えることもままならない。

「杏珠?」

驚いて呼びかけてみたが、どうやら返事をするのも苦しい様子だ。きつく眉根を寄せて、肩で大きな息をくり返している。

先程まで薔薇色《ばらいろ》に色づいていた頬は、すっかり血の気が引いてしまい、蒼白《そうはく》になっていた。

「杏珠!　杏珠!」

いくら呼びかけても、苦しげな息がどんどん弱くか細くなっていくばかりで、もしかするとこのまま、瑠威の腕の中で終には呼吸が途絶えてしまうかもしれない。

そう思った瞬間、杏珠を腕に抱えたまま、瑠威は神泉の中に飛び込んでいた。

杏珠が住まう露翔宮《ろしようきゆう》に連れて行っても、自分は彼女の従者たちに会うわけにはいかないし、満足に説明もできない。そうしているうちに杏珠の息が絶えてしまうかもしれない。

忠篤《ちゆうとく》が住まう飛雲宮《ひうんきゆう》に行くのが一番いいのだろうが、ここからでは遠すぎる。忠篤への取り次ぎを待つ間、やはり杏珠が持たないかもしれない。

他に道はない。おそらく時間もない。如何《いかん》とも難く、瑠威はこれまでに誰も伴ったことのない自らの宮に向かった。

神泉によってのみ行き来することができる、人ではない者たちが住む世界へ――。

パラパラと音を立てて、紅色の大きな葉が巨大な樹木から舞い落ちる中庭で、少年は己が身の丈よりも長い高箒《たかぼうき》を巧みに操り、落ち葉を一か所に集めていた。

黙々と作業を続ける彼を、近くの亭《あずまや》に置かれた石椅子に腰かけた少女は、実に暇そうに地面につかない足をぶらぶらさせながら見物している。

「ねえ……柚琳《ゆうりん》……」

「あ？」

掃除の邪魔をされた少年は、眉を吊《つ》り上《あ》げて少女をふり返った。

「瑠威《りゅうい》はちゃんと、お芋《いも》とかいう物を忘れずに持って帰って来るかしら？」

のんびりと問いかける亜麻色《あまいろ》の髪の少女に、少年はぶっきらぼうに答える。

「知らねえよ、そんなこと！　でもその芋っていうのを焼くからって、俺はこうして庭中の落ち葉を集めさせられてるんだ。　忘れたなんて言いやがったら、もう一度神泉に突き落とす！」

少年が勢いよく指差した先に、少女もゆっくりと目を向けた。

深く澄んだ水を溢れんばかりに湛《たた》えた小さな泉。

その泉こそが、ここから別の世界へと行き来することができる出入り口だ。

石椅子に腰かけた少女は、同じく石造りの卓子《つくえ》に頬杖をつきながら、菓子器に盛られた甘い菓子を一つ口に放り込む。

「あーあ、瑠威ったら早く帰って来ないかしら？　柚琳《ゆうりん》と二人じゃつまらない……」

「あのなあ」

柚琳と呼ばれた少年は遂《つい》に庭を掃く手を止め、少女の方を体ごとふり返った。

「散々支度に手間取った挙句《あげく》、やっとついさっき泉を越えて『あっち』に行ったんだぞ。こんなに早く帰って来やがったら、それこそ承知しねえ！」

短い水色の髪を逆立てるようにして、怒りを露《あら》わにする柚琳に、少女はそっと泉の水面を指してみせた。

「でも……本当にもう帰って来たみたい……」

「あ？　そんなわけあるか！　嘘《うそ》つくな凜良《りんら》！」

「嘘じゃないもの……ほら」

「………」

凜良と呼ばれた少女の言葉に半信半疑ながらも柚琳が泉を覗《のぞ》き込《こ》んだ瞬間、山のようにその水面が盛り上がった。

「うわあああっ！」

「ほらね」

驚く柚琳と少しも驚いていない凜良の前で、二人の背丈の倍ほどの高さになった水の塊がパチンと弾《はじ》け、その水幕《すいまく》の中からこの宮《みや》の主《あるじ》が姿を現す。

「やったあ瑠威！　お帰りなさい！」

「このバカ！　もの凄《すご》い力を浪費して『あっち』に行ったのに、なんだってこんなに早く帰って来るんだ！　あ？」

正反対の反応で、銀髪《ぎんぱつ》で長身の若者を迎えた二人は、彼が胸に抱いていた少女の姿を目にして硬直した。

「なに？　それがお芋《いも》？　違うわよね？」

好奇心丸出しの顔で、先に近付き始めたのが凜良《りんら》。

「バ、バカ！　なんだって『あっち』の娘をお持ち帰りして来るんだ！　ありえねー！」

驚きに高箒《たかぼうき》を投げ捨てて、駆け寄って行ったのが柚琳《ゆうりん》。

泉から現れたはずの瑠威《りゅうい》自体はまったく濡れていないが、腕に抱く少女は水でずぶ濡れになってしまっている。それが二人の本質的な違いだ。

顔色を失くした瑠威は、駆け寄って来る柚琳と凜良の姿を認めると、腕の中の少女を抱きしめ直して、悲壮な声を上げた。

「杏珠《あんじゅ》が死にそうなんだ……頼む、助けてくれ！」

一見すると物腰が柔らかで人当たりの良さそうな瑠威だが、実は自尊心が高く、滅多《めった》なことでは人に頭を下げない。

本当にギリギリまで自分一人の力でどうにかしようと足掻《あが》いて、その結果、うまくいかないことも多々ある。

その瑠威が二人に助けを求めた。

それに気付いた瞬間、柚琳と凜良はそれまでの安穏とした雰囲気を捨てて、真剣な面差しになった。

「そんなに強く抱き締めていてはダメよ。ほら放して、大丈夫。この子はちゃんと助かるわ」

身の丈ほども長さのある亜麻色の髪を揺らして、凜良《りんら》が瑠威《りゅうい》の腕を少し緩めさせる。

「死にそうって……お前の方こそフラフラじゃないか。ほら、サッサとこっちに来い」

柚琳《ゆうりん》は痩せてすっかり軽くなった瑠威の体を凜良と共に支え、建物へと向かって歩き出した。

「すまない……」

一度ならず二度までも頭を下げて、真っ青な顔で房室へと急ぐ瑠威を、柚琳は苛立《いらだ》たしげに見上げる。

「あのなあ、毎日言ってるけど、そんなにフラフラじゃ力だって使えないし、守りたいものだって守れないいんだよ。つまんない意地張ってないで、誰からでもいいからさっさと『気』をもらえ」

「嫌だ」

ヨロヨロとした足取りは本当に今にも倒れそうなのに、拒否の返事は異様に早く、腕に抱えた少女だけは決して手放そうとしない瑠威の姿に、柚琳は憤《いきどお》る。

「いくら『巫女姫《みこひめ》』に義理立てしたって、肝心のその『巫女姫』を守れないいんじゃ意味ないだろ、バカ！」

あまりにも当を得たその言葉には、瑠威からは返答がなかった。

ただ凜良の注意にもかかわらず、苦しげに息をつく杏珠《あんじゅ》を抱き締める手にまた力がこもってしまったことだけは確かだった。

「ほら、ここに寝かせて」

凜良に促されるままに牀榻《しんだい》の上に杏珠を横たえ、瑠威は自らも牀榻に乗る。

「どうやら毒にやられたっぽいわね……何か飲んでた？」

杏珠の脈を取ったり、口の中や瞳を検《あらた》めていた凜良に尋ねられ、瑠威は首を横に振った。

「いや。ついさっきまでは本当に元気だったんだ。私と会ってからは何も口にしていないし、飲んでいない」

「じゃあ毒矢か、毒虫かもしれない。傷跡を探すから脱がして」

「ぬ……がす？」

「躊躇《ちゅうちょ》してる場合じゃないわよ！　生死がかかってるんだから、きっとこの子だって許してくれるわ！　役得だと思ってさっさとして！」

「あ、ああ……」

凜良に促されるまま、瑠威は杏珠の衣に手をかけた。

帯を解いて襟元を緩め、肩から一枚一枚落としていく毎に、杏珠の息は少し楽になる。

けれどそれに反するように、瑠威の鼓動はどんどん早くなる。

次第に露わになる真白の肌に視線が吸い寄せられたように目が離せない。

――こんなふうに杏珠《あんじゅ》の意識がない時に、見るべきではない。

そうわかっているのに、指に吸い付くような滑《なめ》らかな肌に直に触れてしまって、歯止めが利かなくなる。ドキドキと自分の心臓の音ばかりが耳にうるさい。

最後の一枚に手をかけ、まろやかな肩の輪郭を晒しながら下に引き下げ、豊かな胸の膨らみと膨らみの間にある窪《くぼ》みが垣間《かいま》見《み》えてきた頃、「もういいわ」と凛良《りんら》が無情な声を掛けた。

瑠威《りゅうい》は自分ではまったくそんな気はなかったのだが、よほど不本意そうな顔になったらしい。

「何よその顔、私を睨《にら》まないで」

凛良に軽く睨《にら》み返《かえ》された。

「ほらここ、小さな跡があるでしょ。毒針かしら？　毒を吸い出して傷を塞げばたぶん大丈夫だと思う。後は毒消しの薬湯《やくとう》を飲めば……」

杏珠の胸元を指して問題の箇所を教えてくれた凛良に、瑠威は「ありがとう」と頭を下げた。

滅多《めった》に貰えない謝辞がよほど嬉《うれ》しかったらしく、凛良はニコニコと可愛《かわい》らしく笑う。

「後は私が手当てしておくから、瑠威も隣の臥室《しんしつ》に行って休んでいいわよ。疲れたでしょう？」

胸を張ってそう勧めてくれた凛良に、瑠威は確かにフラフラする頭を押さえながらも、懸命に首を横に振った。

「いや、私がやるよ。凛良は薬湯の方を頼む」

「でも……」

今にも倒れそうな瑠威の様子を見て、凜良は心配げに眉根を寄せる。

「それ以上力を使ったら、今度は瑠威の方が倒れちゃうわよ？」

「いいんだ」

杏珠を見つめながら愛おしげに目を細め、瑠威は彼女の濡《ぬ》れた髪を撫《な》でた。

「でも……」

それでもまだ食い下がろうとする凜良を、臥室の入口から柚琳が呼ぶ。

「いいから、好きにさせてやれ。……お前ももうこっちに来い、凜良」

「でも……」

尚《なお》も心残りのありそうな凜良だったが、柚琳に手を引かれ渋々と他の居室《いま》に移動して行った。

後には、まだ苦しげな息を継いでいる杏珠と、彼女を両腕の中に閉じ込め、切ない視線を注いでいる瑠威だけが残る。

「杏珠」

囁くように名前を呼んで、瑠威は彼女の左の胸のちょうど膨らみの始まる辺りに、そっと唇を落とした。

「………っ！」

ほとんど意識はない状態なのに、杏珠の体ばかりが過敏に反応して、絹を散らした牀榻《しんだい》の上で弓なりになる。

無意識のうちに宙に差し伸べられたてのひらに、瑠威《りゅうい》は自分のてのひらを重ね、指を絡めるようにして握りしめた。

杏珠《あんじゅ》の生命の象徴のようにドクドクと脈打っている心臓の、少し上の膨らみに、もう一度唇を寄せる。

彼女を苛《さいな》んでいる小さな傷跡から、凜良が言っていた毒を吸い出すように、少しきつめに吸うと、杏珠があえかな吐息を漏らした。

「あ……っ……」

どこかに見失ってしまいそうになる理性を必死に繋《つな》ぎ止《と》めて、瑠威はその傷口に唇を寄せ、毒を吸っては吐き出す行為をくり返した。

「や……っあ」

今の杏珠に意識がないが、後になって、この胸の傷に自分がこうして唇を寄せたことを知ったなら、どう思うだろう。

怒るだろうか。恥らうだろうか。まさかそれでもう嫌われてしまうのならばどうしようもないが、ほんの少しでも——瑠威にだったら構わない——そう思って貰えたなら、それほど嬉しいことはない。

できることなら今すぐ本人に確かめて、その答えを聞き、もし頷《うなず》いてくれるのならもっともっと口づけたい。

肩も首も腕も胸もそしてもちろん唇も、この真白い肌のどこにも自分の唇が触れていない場所はないようにして、全てを自分のものにしてしまいたい。できるなら——。

しかし最後の力を振り絞って杏珠の小さな傷を塞《ふさ》いだ瑠威には、それ以上意識を保っていられるだけの力も残っておらず、呼吸が楽になってスウスウと軽やかな寝息をたて始めた杏珠の隣に、倒れ込むように自分の体を投げ出すのがやっとだった。

（杏珠）

それでも杏珠と繋《つな》いだ手は決して放さず、しっかりと握りしめたまま深い眠りへと落ちて行った。

瞼《まぶた》を開いた杏珠が最初に目にしたのは、高い天井から下げられた何枚もの紗《うすぎぬ》だった。

それが、牀榻《しんだい》の上で眠る貴人の姿を他の者から見えなくする天幕に似ていると思った時、どうやら自分がその牀榻の上に横になっているらしいことに気が付く。

ゆっくりと体を動かしてみると、右手をしっかりと誰かと繋いでいた。

「え？」

その誰かがどうやら、自分の隣で眠っているらしいことに気付いて、ゆっくりと顔を右に向ける。

途端、鼻と鼻が触れるほど近くに瑠威《りゅうい》の顔があって、呼吸が止まりそうになった。

(瑠威？　どうして？)

いくら二人の距離が徐々に近づいているとは言っても、こんなに近くに彼の顔を見たことはこれまで一度もない。たった一度口づけを交わした時は、杏珠《あんじゅ》はしっかりと目を瞑《つぶ》っていたのだから。

杏珠の吐く息に瑠威の睫《まつげ》毛が微《かす》かに揺れ、思わず本当に息を止めてしまった。

(どうして？)

同じ疑問ばかりが頭を駆け巡るが、その答えはとても貰《もら》えそうにもない。隣で横になっている瑠威は死んだように眠っている。

死んだように——と自分で考えてから、急に杏珠は、さっきから身動き一つしない瑠威のことが気になった。

本当に呼吸をしているのかどうかさえもわからないほど、微動だにしないのだ。人間離れした彼の美しさと相まって、その姿はまるで魂のない人形のようにも見える。

(そんなこと……ないわ)

自分に言い聞かせるように考えてから、杏珠は怖くなり、そっと彼の名前を呼んだ。

「瑠威」

反応はない。本当に睫毛の一本も動かない。

「瑠威」

右手で握りしめている彼の手が、自分の手よりもずっとずっと冷たいのは何故《なぜ》だろう。

「ねえ瑠威……起きてよ、返事して」

呼ぶ声は次第に涙混じりになり、悲鳴のようになる。

「起きて！　起きてってば、瑠威！」

肩に手をかけて揺すってみるのに、何の反応もないことがこんなに怖い。怖くてたまらない。

「やだ……嘘でしょ？」

すっかり冷静さを失って、躊躇《ためら》いもなく頬《ほお》に触れてみてもその冷たさに余計に不安が募る。

「お願い！　起きてよぅ……」

ポロポロと目から涙を零しながら、上から覗き込むような体勢になった時、杏珠はふとあることを思い出した。

（そうだ……『気』……！）

それが足りないから、瑠威は見る影もなく痩せてしまった。それを完全に失ったら、彼が死んでしまうということを杏珠は知っている。なのに彼が杏珠のために、それを他の人から得ることを止めてしまったのも――。

（どうしよう……）

おそらくもう限界近くまで『気』が無くなって、瑠威《りゅうい》は昏睡《こんすい》状態になったのだ。神泉の畔《ほとり》に居たはずの自分たちが、どうしてこんな所に居るのかは杏珠《あんじゅ》にはわからない。どうして瑠威がこんなに生気を失ってしまっているのかも。

ただ一つわかっているのは、おそらく瑠威に今必要なのは誰かの『気』で、それをどうやって彼に与えるのかということを、杏珠は知っているということ。

(瑠威)

躊躇《ためら》いはなかった。何を悩む必要があるだろう。もし彼を失ったならば、自分だって平気ではいられない。瑠威にそう告げたのは、他ならぬ杏珠自身だ。

静かに眠る瑠威の頬に頬を寄せ、彼が自分にそうしたようにそっと唇を寄せる。

(早く……早く……!)

気持ちは急《せ》いているのに少しも上手《うま》くいかない。誰かと口づけた経験にしても、瑠威とただの一度だけ。何もかもが初めての杏珠が、自分から彼に口づけようとしてもそう簡単に上手くいくはずがない。

それでも瑠威の冷たい頬に手を添えながら、杏珠が不器用な口づけをくり返すうちに、瑠威の手にほんのりと温《ぬく》もりが戻ってきた。

(まだ……まだよ……)

何度も角度を変えて口づけるうちに、渇いて冷たくなっていた瑠威の唇も潤いを取り戻し、次第に杏珠の口づけに応えるような素振りを始める。

(瑠威……!)

そうなってくるともう完全に、口づけも初心者の杏珠の手には負えなかった。

いつの間にか杏珠の頭の後ろに回っていた瑠威の手が、逃げようとする杏珠の退路を阻《はば》む。

ただ唇を重ねあうだけの口づけでは物足りなくなったらしい瑠威の唇が、杏珠の唇を追いかけ、追い詰め、乱す。

呼吸を確保しようと僅《わず》かに開いた口角《こうかく》に、舌を入れられ、あまりのことに杏珠は首を振った。

(瑠威!)

けれどこうして口づけることで瑠威が杏珠から気を取り込むのならば、できるだけ深く交わる方が有効だ。それがわかっているので、杏珠も強くは抗《あらが》えない。

貪欲《どんよく》に杏珠を求め、口腔《こうこう》内で杏珠の舌を追い求める瑠威の舌に、気が付けばいつしか杏珠も応え始めていた。

「ん……んんっ……」

あまりに激しくて、乱されすぎて、深く舌を絡めあっているはずなのにどこからか声が漏れる。自分の出した声のあまりの艶《なま》めかしさに、ドキドキと高鳴っていた杏珠の胸の鼓動がますます大きくなる。

(瑠威!　……瑠威!)

名前を呼びたいのに、言葉を奪うように激しく口づけられているので、それすらままならない。

肩で大きく息をしながら、瑠威《りゅうい》の上で完全に体の力が抜けかけていた杏珠《あんじゅ》を、瑠威が抱きかかえるようにして体を反転させ、自分の下に横たえさせた。

体勢が逆になった事でいよいよ杏珠に逃げ場は無くなり、体の上に瑠威の重みと温もりを感じながら、ただもう彼の口づけに翻弄されるしかない。

「ふ……うっ……ん」

瑠威の中に杏珠のかなりの気が取り込まれ、自由に体を動かすことができるほどに回復したことは確かだが、果たして彼にはもう意識があるのだろうか。

口を塞がれているため言葉では確認できない。やむをえず固く閉じていた瞳を恐る恐る開いてみた杏珠は、睫毛がぶつかるほどの近距離で、瑠璃《るり》色の瞳としっかりと見つめあった。

（瑠威！）

彼が意識を取り戻していたことが嬉しくて。それなのにまだ口づけを交わし続け、淫らな姿を晒してしまっていたことが恥ずかしくて。そんな自分を瑠威はずっとこうやって見ていたのだと思うと腹が立って。

杏珠は両腕を精一杯突っ張り、瑠威に反抗の意を示した。

ようやく唇を解放してくれた瑠威が杏珠の上から身を起こし、杏珠はすっかり乱されてしまっていた胸元を慌ててかき合わせる。

「瑠威……?」

息も絶え絶えに呼ぶと、少しやつれたふうではあるが、「うん」といつも通りの優しい笑みを返された。

ほんのつい今まで、自分の上に圧し掛かって貪欲に杏珠を求めた瑠威と、今の瑠威。とても同一人物とは思えないが、どちらも本物の瑠威だ。それは間違いない。

嬉しく、恥ずかしく、少し悔しい。

「いつから……?」

意識があったのかと問いたいのに、嗚咽《おえつ》が込み上げて来て上手く言葉にならない。杏珠は両手で顔を覆った。

杏珠の髪を撫でようとして伸ばされた瑠威の指が、彼女の体が怯えたようにビクッと震えたことに気付き、引き戻された。

代わりにふわりと、薄絹の衾《ふとん》を杏珠にかけてくれる。

「体勢を入れ替えた時から……すまない……」

それでも杏珠の質問にはきちんと答え、謝ってくれた。その声に心が震える。

瑠威にすっかり翻弄されて乱れた姿を、彼にはしっかりと見られていた。それが恥ずかしくて消えてなくなってしまいたいくらいだが、だからと言って決して嫌なのではない。

嫌《いや》なのではないが、このままではおそらく瑠威《りゅうい》に誤解されてしまうだろう。

それがわかっているのに、涙が止まらない。泣きたいわけではないのに止まらない。

だから杏珠《あんじゅ》は、他にどうすることもできず、泉の畔《ほとり》で瑠威に告げたのと同じ言葉を、両手で顔を覆いながらもう一度くり返した。

「違うの瑠威……嫌なんじゃないの……」

たとえ見えなくとも、自分が今口にした言葉によって、彼がどんな顔をするのかならば杏珠にはわかる。

驚いたように目を瞠《みは》り、それから愛おしげに自分を見つめてくれる顔なら、鮮明に瞼の裏に思い描くことができる。

だから杏珠は、本来ならば恥ずかしくてとても口にできそうにはない懇願を、両手で顔を覆ったまま続けた。

「だからやめないで。やめなくていいから……瑠威」

これを聞いた瑠威はいったいどうするだろう。

そう考える間もなく、顔を覆っていた手を少し乱暴なくらいに引《ひ》き剥《は》がされた。

その手をそのまま杏珠の顔の両脇に押し付け、瑠威の手が褥《ふとん》に縫い止める。

もうそれ以上は杏珠に何も語る隙を与えないほどの勢いで、唇に唇が重ねられ、すぐに割り開かれた。

杏珠の舌を求めて口腔内で暴れる瑠威の舌が、熱く激しく、杏珠の体も思考も蕩《とろ》けさせる。

「んっ……んっう……ふ」

上から圧し掛かるようにして体の上に重ねられた体が、まるで二人の間の隙間を全て排除しようとでもするかのように、杏珠の上にピタリと寄り添う。

少し息苦しい。でも心地良い。褥の上で抱きあうというのは、こんなにも相手を近くに感じるのだと杏珠は初めて知った。

杏珠の手を押さえつけていた瑠威の手がその戒めを解き、杏珠の首筋にあてがわれる。

そこに掛かっていた髪をそっと払いながら、耳下から肩までを一息に撫でられて、今まで感じたこともない感覚が首筋に湧き上った。

「んんっ……んぁ」

杏珠の唇を解放した瑠威の唇が、手を追うかのように首筋を滑る。手で触れられた時よりもなお激しい感覚に、杏珠は身悶《みもだ》え、我知らず瑠威の首に腕をまわした。

「やっ……あ」

唇は骨の浮き出た輪郭を添うようになぞり、そこから次第に下へと下りて行く。

先程慌てて瑠威の前でかき合わせた衣の胸元の合わせ目が、再び乱され、杏珠の胸の膨らみが瑠威の眼前で半ば露《あら》わになる。

「や……あっ」

杏珠《あんじゅ》のささやかな抵抗の声は瑠威《りゅうい》の耳に届かないのか。それともそれが心からの抵抗ではないと端から知られてしまっているのか。白い肌を露わにするように衣を肌蹴させていく瑠威の手は止まらない。そしてその後を追うように、下へと下りて行く唇も。

瑠威の首に腕をまわしていたはずなのに、いつの間にか杏珠の腕の中には彼の銀髪の頭しか残っておらず、どれほど唇が下に下がったのかと思うと、もうとても冷静ではいられない。

腕の中の瑠威の頭を、杏珠が縋《すが》るように抱きしめた時、彼のてのひらと唇とが同時に、杏珠の左右の胸の膨らみに触れた。

「ああっ……！」

誰にも触れられたことがないばかりか、見せたこともないまだ熟れだしたばかりの膨らみが、瑠威のてのひらに包まれ、唇に啄《ついば》まれる。

「やっ……あ」

先程首筋に感じた身を捩《よじ》りたくなるような感覚が背中から腰まで下り、杏珠の体を弓なりにしならせた。

熟し始めたばかりの胸の膨らみは、強く掴《つか》まれると痛いほどの刺激を感じるが、瑠威はそれをわかってくれているのか、まるで掌中の珠でも撫でるかのように、てのひらでそっと優しく包み込む。

それはやはり、彼が杏珠を心から大切に思っている証《あかし》なのかもしれない。

杏珠の体から毒を除いていた時に、密《ひそ》かに願った思いの通りに、瑠威は杏珠の白い肌にたくさんの口づけを落とす。

まるで自分の唇が触れない場所は全て無くすかのように、念入りにゆっくりと。

それは胸の膨らみについても例外ではなく、そっと口づけられ優しく食《は》まれて、杏珠は悩ましげな声を出さずにはいられなかった。

「あんっ……あ……っ」

自らの耳を打つその声にこそ、気持ちと体を煽《あお》られる。

瑠威の唇が胸の頂《いただき》の小さな蕾《つぼみ》に触れた瞬間、杏珠は大きく吐息を漏らして肌を戦慄《わなな》かせた。

「瑠……威っ……！」

頭を抱き締める腕に、あまりにも力がかかり過ぎてしまう。縋るかのように抱きついてしまう。

しかしそんなことにはまるで構わず、瑠威は杏珠が体を強張《こわば》らせてしまうほどに敏感な場所を、唇と舌とで愛撫《あいぶ》し続ける。

「やっ……あ！」

温かな瑠威の口腔内で、自分の体が形を変えつつあることが、杏珠にも感覚だけでわかった。

そこを食《は》まれると、全身に痺《しび》れるような感覚が走って、なぜだか体が熱くなる。

瑠威に触れられている所も。体を重ねている所も。なぜだがもっと体の奥も。

恥ずかしく、もどかしく、もうやめて欲しいとも思うのに、反対側の胸の膨《ふく》らみへと顔を移動させて、やはり頂《いただき》の蕾《つぼみ》を口に含もうと動く瑠威《りゅうい》の唇を拒《こば》めない。

「あ……ああっ……」

むしろ彼の頭を掻《か》き抱《いだ》くように抱きしめてしまい、自分からその手助けをする形になってしまう。

「はっ……やあっ！」

もう一つの蕾も、すぐに瑠威の口の中で固く尖《とが》って、平素の時よりも存在感を増した。

背中がむず痒《がゆ》くなるようなこの感覚を、気持ちいいと言うのだろうか。

杏珠《あんじゅ》にはよくわからない。わからないけれども、体が火照《ほて》って、背が大きくしなって、胸の鼓動が爆発しそうなほどに大きくなる。

執拗《しつよう》に胸の頂の蕾を食みながら、反対の蕾に指を這《は》わせ、摘まむように強く扱《しご》き、更に杏珠の衣を下方まで肌蹴させようとする瑠威の手に神経が集められ、分散される。

「やぁあっ……ああっ」

口から洩《も》れる嬌声《きょうせい》はあまりに甘く切なく、まるで自分の声ではないかのように聞こえた。

「瑠威っ……瑠……い」

名を呼ぶ声に返事などないとわかっているのに、呼んでしまう。切なくてもどかしくて、彼の頭を腕に抱いていないと、どうにかなってしまう。

「やめないよ杏珠……」

ないはずだった返事が与えられた。それも杏珠の胸に面伏せたまま、膨らみの頂の蕾を口内に含んだままで。

言葉と共に動く舌と唇が、杏珠の体中の神経が集まってしまったようになっている敏感な器官に、強すぎる刺激を与える。

「ああぁっ！　……あ！」

「もうやめない」

杏珠が大きく肌を戦慄《わなな》かせ、身悶《みもだ》えしていることはわかっているだろうに、瑠威はその場所で話す行為をわざとやめない。

自分の腕の中で、一挙手一投足に翻弄され、艶《なま》めかしく白い肌をくねらせる愛《いと》しい少女の姿も、今この時ばかりは、瑠威の中に眠る嗜虐心《しぎゃくしん》を煽《あお》るものにしかならない。

大きくしなる背中を強く抱きしめ、いよいよ執拗にその肌を貪る。

胸から腰へと続く細く括《くび》れた脇腹の輪郭を、指より先に唇でなぞったなら、杏珠が泣きそうなほどの声を上げた。

「やあぁあっ……ああっ！」

瑠威の体と頭とが次第に下に下がって行くにつれ、杏珠の嬌声は高くなる。

「やっ……だめっ！　……瑠威っ！」

口先だけの抵抗の声が、半ば本物になりつつあることは感じていたが、杏珠《あんじゅ》に宣言したとおり、瑠威《りゅうい》にはもう途中でやめるつもりはなかった。

杏珠がどこまでを想定して「やめないで」と言ったのかと考えれば、おそらく口づけのことに関してのみなのだろうが、その恥ずかしそうな声音で火が点《つ》いてしまった気持ちと体とが、もう歯止めが利かない。

泣いて懇願されれば目が覚めるかもしれないが、杏珠が甘い声を上げているうちは、自分から止めるつもりは瑠威にはまったくなかった。

内衣の腰紐《こしひも》を解き、下穿《したば》きの内着も全て肌蹴《はだけ》させようとして、杏珠の身に着けている衣が、どれもこれもまだ濡《ぬ》れたままなことに気が付く。

このままでは風邪を引かせてしまうと思い、二の腕にかろうじて掛かっていた衣の袖の中から、瑠威は杏珠の腕を引き抜いた。

「瑠……威……？」

熱に浮かされたような声につられて思わず、瑠威は自分の下で無防備に肌を曝《さら》け出した杏珠に視線を落としてしまう。

火照った頬《ほお》、潤《うる》んだ瞳、乱れた息をつく濡れた唇。

可憐《かれん》な少女をあまりにも艶めかしい表情にしてしまっているのが、自分なのだと思うと気持ちが昂《たかぶ》る。猛《たけ》る思いがいよいよ増す。もっと乱れさせてしまいたくなる。

「脱いだ方がいい。濡れているから」

「やっ……だめっ……！」

あまりにもか弱い抵抗を片手で制し、白肌から剥《は》ぎ取《と》るように衣を脱がした。

自分の下で全ての素肌を晒した杏珠の体を、瑠威は慈《いつく》しむようにそっと抱きしめる。

「私が……温めるから」

言葉通りに自らも衣を脱ぎ、素肌に素肌を重ねた。

衣を着ていれば同じように見えても、男と女の体はこんなにも違う。瑠威の固い胸板の下で、杏珠の柔らかな胸の膨らみが、歪《ゆが》んで潰《つぶ》れ、形を変える。

「瑠威……」

少し安堵《あんど》したように瑠威の背中にまわされた杏珠の腕は、肌と肌を合わせることを彼女が了解した証であり、彼に全てを許している印だ。

その信頼が瑠威は嬉しくもあるし、面映《おもは》ゆくもある。

実際は杏珠が思っているほど、瑠威は君子なわけではない。おそらく今日はもう、杏珠がどれほど抵抗しようと、それが本気の嫌悪でなければ、途中でやめるつもりはないのだから。

再び重ねた唇と唇に、杏珠が意識を奪われているうちに、彼女の背を抱き締めている手を下げていく。背骨をなぞるように腰まで下ろし、腰骨を撫でると杏珠が逃げるように体を捩《よじ》った。

「んんっ……ん」

口づけのため、抵抗の言葉が上手《うま》く出せないのをいいことに、そのまま手を前へと滑らせ、柔らかな腹部へと手を伸ばす。

「んっ……んんんっ！」

瑠威《りゅうい》がどこに触れようとしているのか、杏珠《あんじゅ》にもわかったのだろう。首を振って唇を離そうとし、瑠威の体を押し除けようと両腕を突っ張って来たので、瑠威はその手を捕まえて背中側にまわさせ、二本とも束ねて片手で固定した。

これでもう杏珠は瑠威がどこに触れようと、抵抗することはできない。

胸に唇を落とされた時からなぜか熱くなり、そのうち脚と脚とを擦り合わせなければならないほどに火照り、甘く疼《うず》いて、何かを期待して濡れてしまっていた杏珠の一番触れて欲しくない場所に、瑠威は手を伸ばした。

てのひらを添えられただけで、更に体の奥深くから熱い何かが溢《あふ》れ出《だ》してしまいそうになる。柔肉《やわにく》をそっと指先で開き、滑《すべ》った割れ目に指を這わされると、杏珠の細い腰が跳ねあがる。

「やっ……やめっ……！」

唇がずれた僅《わず》かな隙《すき》に杏珠があげようとした抵抗の声は、すぐにまた唇を塞いでしまった瑠威の唇で、皆まで言わないうちに奪われてしまった。

自らでさえ開いたことのない割れ目の先の空洞を、瑠威の長い指によって暴かれる。

必死に体を捩り抵抗のくぐもった声もあげているのに、そのヌチリとした淫猥《いんわい》な粘着質の音

は杏珠《あんじゅ》の耳にまでもしっかりと届いて、杏珠はあまりの羞恥で頭がおかしくなりそうだった。

秘めやかなその部分で、夫婦となった相手とは体を繋げて愛し合うのだと大雑把《おおざっぱ》な知識はすでに侍女達から教えてもらっていたが、実際には何をどうするのかまるでわからない。

考えることさえしたことがないのに、瑠威《りゅうい》にその場所を触《さわ》られてしまっている。

しかも腰の奥にまで響くようなゾクゾクする感覚は、胸を食《は》まれていた時よりも更に激しく、何がなんだかわからない。

瑠威の指が割れ目に添って上下に移動するたびに、杏珠の中から何かが溢れ出す。それが耳を塞ぎたくなるような淫らな音を作り出し、瑠威の手を濡らしてしまっているとわかるのに止められない。止められるようなものではない。

「んんんン……んぅ……ん」

舌に舌を絡められていても漏れ出してしまう甘い声も堪えようもなく、両手を背中で拘束されているので、瑠威の指の動きに抗《あらが》おうとするならば、腰を動かすしかない。

逃げる杏珠を追いかけて、執拗にその部分に指を這わせる瑠威の動きは、ますます激しく早くなる。

「んん……んんんっ！」

まるで何かに追いかけられるかのような切迫感に、ますます腰を動かして逃げようとする杏珠は、自分のその動きこそが体の快感を高めてしまっているのだということをまるでわかっていなかった。

艶《なま》めかしく腰をくねらせ、その結果瑠威の指が割れ目の上部にある小さな突起を引っかけ、軽く捏《こ》ねた事で、杏珠の中に高まっていた熱は一気に頂点に達した。

「う……んんっっ！　……んっ……ああっ！」

痺《しび》れにも似た不思議な感覚が、瑠威の指が触れている部分から頭の先までを駆け抜け、杏珠は大きく身悶えた。

割れ目の奥にある器官が大きく収縮し、瑠威の手を濡らしてしまっている熱い液体を、更に外へと溢れさせる。

ドクドクと脈打っているその部分は、まるで自分の体の一部のようではないと感じながら、張り詰めた全身の神経を一気に弛緩《しかん》させた杏珠は、共に意識までも失った。

（恥ずかしい……！）

自分の体が自分のものではなくなってしまったかのような喪失感と、たまらない羞恥。そしてまだよくわからない女としての悦《よろこ》びをどこかに垣間見《かいまみ》ながら、愛しい瑠威の腕にその身を委ねた。

第五章

　どこかで何かが鳴っている。

　それは以前、うっかり手を滑らせて鉄製の鍋を厨房《ちゅうぼう》で落とし、運悪くそれが煮炊き用の竈《かま》の石の部分に当たり、周りにいた侍女らに露骨に嫌な顔をされるほどの大きな音が鳴ってしまった時の——あの音に似ていた。

（…………何？）

　横になった体勢のまま、杏珠《あんじゅ》が首を捻《ひね》ったのは僅《わず》かに一瞬。

「杏珠様、起きられましたか？」

　臥室《しんしつ》の入口からかけられた優しい声に、すぐさま自分が今置かれている状況を理解する。

　閉じていた目を開いてみれば、案の定、よく見慣れた格子造りの天井が目に飛び込んで来た。

『神泉《しんせん》の巫女姫《みこひめ》』としてこの宮《みや》に起居するようになってすでに二か月。

　すっかり目に馴染《なじ》んだ天井から、臥室の入口へと、杏珠は視線を移す。

　心配げにこちらを覗《のぞ》き込《こ》んでいる桜花《おうか》の背後では、昇り始めの朝日が眩しい陽光を振《ふ》り撒《ま》き、後宮に朝の訪れを告げる銅鑼《どら》が大きく鳴り響いていた。

「桜花……」

掠《かす》れがちな声で呼びかけると、桜花が転びそうに足をもつれさせながら、牀榻《しんだい》まで駆け寄って来る。

「よかった、杏珠様……」

まだ少女の面影を残した丸みを帯びた頬《ほお》に、幾筋もの涙が零《こぼ》れ落《お》ちる。

「私……？」

何故《なぜ》桜花が泣いているのかに思い当たらず、杏珠は言葉少なに尋ねた。

桜花は零《こぼ》れ落ちる涙をそっと指で拭ってから、襦《ふとん》の上に投げ出された杏珠の手を優しく両手で握りしめた。

「少しいつもより長く眠っておいででした」

「長く？」

「はい。三日間ほど……」

「三日！」

驚きの声を上げた瞬間、様々なことが一気に杏珠の脳裏に甦《よみがえ》った。

瑠威と待ち合わせた神泉。初めての口づけで知った自分の中の醜い感情。なんの前触れもなく突然呼吸が儘《まま》ならなくなり、目覚めた場所は見知らぬ居室《いま》の中で。そして、そして――。

ボッと火が点いたように顔が熱くなり、杏珠《あんじゅ》は慌てて桜花《おうか》から顔を背けた。

「杏珠様？」

心配げに呼びかけてくれる桜花に合わせる顔などない。李安《りあん》とも夕蘭《ゆうらん》とも。そしてもちろん瑠威《りゅうい》とも——。

（瑠威！）

名を心の中で唱えただけで、どうしようもなく気持ちを乱された。

見知らぬ臥室《しんしつ》の牀榻《しんだい》の上で、彼とどんなことになったのか、思い出したいと思っているわけでもないのに、鮮明に思い出される。

肌を滑る手の動きも、体中に散らされた口づけの感触も、信じられない自分の体の反応も、彼に見せてしまった痴態も、耳を塞《ふさ》ぎたいほどの淫らな声も、全て——全部。

いよいよ顔を赤くし、両目をギュッと瞑《つぶ》った杏珠に、桜花が優しく問いかけた。

「大丈夫ですか？　起きられます？」

どこだかわからないあの場所で、杏珠は気を失ったはずなのに、なぜ今は露翔宮《ろしょうきゅう》に居るのだろう。なぜ三日間も眠っていたのだろう。

なにもかもがわからないままだが、ふと桜花にはどれほど心配をかけたかということに思い当たり、申し訳なくなった。

なので、人には説明のしようがない気恥ずかしさは自分の胸の奥だけに押し隠し、杏珠は再び桜花に顔を向けた。

た。

「ええ。ごめんなさい。ありがとう」

どんな目にあっても変わることのない杏珠の素直な謝辞に、桜花の目からは再び涙が溢《あふ》れ出《で》た。

「ええ、そうです。朝から神泉に出かけたまま、昼の時間になっても夕餉《ゆうげ》の時間になっても一向に戻られず、さすがにこれは何かあったのではないかと皆で方々を探しておりましたところ、いつの間にか宮にお戻りになっており、牀榻《しんだい》の上でぐうぐう寝ておられました……さすがに三日とは、少々眠られ過ぎの感はありますが……どこか体調を崩しておられるようではありませんし、食事は相変わらず三人分お召し上がりになりましたし、かえって以前より肌艶が増しておられるようにも見えますし……」

李安のあまりに的確な洞察に、杏珠は手にしていた朝食後のお茶の器を、思わず取り落しそうになった。

「そ、そう?」

すました顔で返事をしてみるも、どうも李安には何もかもを見抜かれている気がする。

「別にどこで何をなさっていたのか、深くは問いませんが……先程の突然呼吸が苦しくなられたという話が本当でしたら、少しお気をつけになった方がいいのでは？」

「と、言うと？」

「どういった事情でかはわかりませんが、どなたかに命を狙われている可能性もあるということです」

「………」

李安《りあん》の返答は半ば予想していたものだっただけに、杏珠《あんじゅ》にはもう押し黙ることしかできなかった。

なぜ突然にあれほど呼吸が苦しくなったのか。その詳細な理由はわからないが、杏珠には一つだけわかっていることがある。

それはあの不思議な場所で目覚めた時、息苦しさがすべて取り除かれていたのは、おそらく瑠威《りゅうい》のお蔭《かげ》ということだ。

その証拠に隣に横たわる瑠威の方が、今にも息を引き取ってしまいそうに憔悴《しょうすい》していた。

どうやって杏珠の苦しみを我が身に取って代わってくれたのかは、瑠威自身に尋ねてみなければわからないが、それほど杏珠の状態は悪いものだった。

そう考えれば、自《おの》ずと死という言葉さえ見え隠れしてくる。

（死……！）

あまりに突然だったことを鑑《かんが》みれば、あの呼吸の苦しさは自然と起こったものではない。おそらく何らかの外的要因によって、引き起こされたものだろう。

杏珠を死に至らしめようとしている何者かがいる。

自分がそこまで誰かに恨まれているということが、杏珠には恐ろしかったし、悲しかった。

おそらくは王を巡っての、嫉妬の嵐の中で生じた誤解なのかもしれないが、それほどまでにあからさまな悪意を、もちろんこれまでに誰かに向けられたことはない。

茶器を両手に握りしめたまま、杏珠は頭を垂れた。

「巫女姫《みこひめ》を……辞してはいかがですか？」

「え？」

思いがけない提案は、思いがけない人物の口から発せられた。杏珠は思わず顔を跳ね上げた。

細い眉をキュッと中央に寄せた顔で、桜花《おうか》が杏珠に真剣な眼差《まなざ》しを注ぐ。

「こういったことが、これから先もまた起こらないとは限りません。毎日神泉に祈りを捧《ささ》げるだけの役職のために、杏珠様の命が危険に晒されるなんて、そんなの……そんなの……！」

桜花は皆まで言い終わることができず、唇を嚙《か》み締《し》めて俯いた。

けれど杏珠にはその先に続くはずだった言葉まで、しっかりと想像することができた。

なので、こぶしを作って体の横でブルブルと震えている桜花の手を、元気づけるかのようにそっと叩《たた》く。

「ありがとう、桜花」

「いえ……」

言葉少なに答えて、顔を俯《うつむ》けている桜花《おうか》は、おそらく浮かんできた涙を杏珠《あんじゅ》や李安《りあん》らの目から隠したのだろう。

李安はなにも言わず、杏珠と桜花を静かに見つめながら何事かを思案している。

杏珠はこれまで、必死にその結論からだけは目を逸らそうとしてきたが、遂《つい》に逃げることはできなくなったらしい己の進退問題に、胸痛く思いを馳《は》せ始めた。

「瑠威《りゅうい》……君の巫女姫《みこひめ》が目覚めたそうだよ」

その日の朝議が行われていた朝堂では、高官らが集う中、途中入室してきた宦官長《かんがん》が何事かを王に耳打ちし、漣捷国《れんしょうこく》国王——壮忠篤《そうちゅうとく》は、即座に背後に控えた護衛役の武官をふり返った。

瑠威は喜びに目を輝かせたものの、平素から微笑みを湛《たた》えたような風貌のため、並み居る高官たちにはその微かな表情の変化が読み取れない。

しかしながら彼とは長い付き合いで、裏も表もなく接している王は、右手をシッシッと振って、まるで追い払うような動作をしてみせた。

「なんだ……もう『私の巫女姫ではありません』の否定はないんだな……からかい甲斐がなくなってつまらん。早く行けばいいだろう？　今にも駆け出して行きたそうな顔をしているぞ」

「しかし……」

　さすがに高官たちの前で、建前上は主であるはずの王にぞんざいな口を利くこともできず、言葉を濁す瑠威に、王は一枚の紙切れを突き付ける。

「これに懲りて、もっと巫女姫の身辺には気をつけることだな。それと……お前が以前から申請していた園林《ていえん》内の建物の使用許可……私の一任で許可しておいたから有難く使え。神泉の近くの小さな祠堂《しどう》なんていったい何に使うんだか……ぜひ見に行きたいところだな」

　ギロリと射るような目で瑠威に睨《にら》みつけられ、王は鷹揚《おうよう》に笑った。

「顔！　顔！　……素が出てるぞ」

「……うるさい。バカ」

　周りの者たちには聞こえぬよう、口の動きだけでそう伝え、瑠威は忠篤にくるりと背を向けた。

「おや？　湖衛士侍官《こえしじかん》……どちらへ？」

　朝堂から退出しようとする瑠威に声を掛ける者もあるが、それには忠篤が返事をする。

「私の私用だ。すぐに戻る。それより、来月に迫った治水工事の件だが……」

　真剣な顔をしていれば名君のようにも見えるではないかと、ふり返ってチラリと見た忠篤の姿に嘆息しながら、瑠威は朝堂《ちょうどう》を出た。

　朝堂のある外殿《がいでん》から園林へと、廊下を走り回廊《かいろう》を急いで巡ってもかなりの距離がある。

逸《はや》る胸を抑えながら、いっそ宮城内でも神泉を使って移動できればいいのにと、詮無いことを思う。

園林《ていえん》に出て、計画的に配置された奇岩の列を抜け、僅《わず》かな緑が小さな木陰を作る神泉の畔《ほとり》に辿り着くと、杏珠《あんじゅ》が地面に跪《ひざまず》き、白磁の花器《かき》に野の花を挿して、懸命に祈りを捧げているところだった。

瑠威《りゅうい》が初めてその場所で彼女を目にした時となんら変わらず、可憐《かれん》で愛らしい姿。

なのに、なぜかその姿に、先日目にしたばかりの艶《つや》やかな姿が重なって見える。

「…………！」

胸を圧迫するほどに大きくなってしまった心臓の音を持て余しながら、瑠威はいつも通り足音も気配も消してそっと彼女に近づいた。

杏珠の祈りが終わるまで待っていようか。それとも突然後ろから抱きしめて驚かせてみようか。悪戯心《いたずら》がむくむくと頭をもたげたが、瑠威はそのどちらも実行には移せなかった。

そのような戯れよりも、少し顔を上向けて昊《そら》を仰ぐようにしながら、ギュッと目を閉じて真剣に祈りを捧げている杏珠に、口づけてしまいたい衝動に駆られる。

――自分は杏珠の中の生《しょう》の気を欲しているのだろうか。

確かに彼女に気を分けてもらったあの日から、瑠威の体調はすこぶる良くなった。

衰えていた体には力が漲《みなぎ》り、気力も体力も充実し、意識を失ってしまった杏珠を連れて、神泉を通りこちらの世界に戻って来るのも、やっとの思いで辿《たど》り着《つ》いた往路とは比べものにならないほどに容易《たやす》かった。

もしまた分けて貰えたなら、どれほど自分の体調が楽になるだろうかは、およそ予想がつく。

けれども瑠威は杏珠を単なる『気』の補充相手として見る気は全くない。むしろ――。

細く柔らかくたおやかなあの体を、もう一度この手に抱き締めたくて、その粗野な欲望の方に気持ちを支配される。

口づけてしまおうか。それとも――。

迷っていたが故に、瑠威は機会を逸した。

目を閉じていた杏珠が、恐る恐るといったふうに瞼《まぶた》を開いた。

その瞳と真正面から見つめあった瞬間、頬《ほお》を真っ赤に染めた杏珠の気恥ずかしさが、瑠威にまでも感染した。

「や、やあ杏珠……」

とてもいつものように、余裕の態度では口を開けない。自分の顔を見上げて頬を染め、瞳を潤《うる》ます杏珠を見ていると、どうしたらいいのだかわからなくなる。

「元気になった？」

コクリと細い首が折れてしまいそうに杏珠が頷《うなず》いた。

そのまま沈黙が続き、瑠威は少し気まずい気持ちになる。

これまで神泉で過ごしてきた二人の時間は、杏珠《あんじゅ》の方からあれこれと話しかけてきて、瑠威《りゅうい》はそれに返事をすることが殆《ほとん》どだったので、杏珠が黙り込んでいると沈黙が重すぎる。

ふと、先日無理を強いてしまい、心が離れてしまったのではないかという危惧が頭を過った。

ほぼ気が残っていない状態で瑠威は杏珠を伴って神泉を渡り、あちらの世界で彼女の体から毒を取り除き、傷を塞ぐために力を使い果たした。

結果、昏睡《こんすい》状態に陥った瑠威を、杏珠は自分から『気』を注ぐことで回復させてくれたらしいのだが、その優しさにすっかり甘えてしまった自覚がある。

一度箍《たが》が外れると欲望は留《とど》まることを知らず、瑠威はそのまま杏珠の無垢《むく》な体を求めた。

本音では杏珠は嫌だと思っていたのではないだろうか。そして嫌がる彼女を無視し続けた自分に嫌気がさしたのでは――。

まるでこの世の終わりのような心持ちで、瑠威が昊《そら》を仰ぎ、目を閉じた瞬間、杏珠が長い沈黙を破った。

「瑠威……会いたかった」

心を射抜くような言葉と共に、その気持ちを表すかのように身に着けていた長袍の袖をそっと引かれ、気が付けば瑠威は杏珠を両腕の中に抱きしめていた。

「私も会いたかった」

頬に頬を付けるようにしてその温《ぬく》もりを肌で感じ、胸が苦しくなるほどに愛《いと》しい相手が自分と同じ思いを抱いていたという僥倖《ぎょうこう》に会し、全ての憂いが瑠威の中から吹き飛んだ。

「瑠威……神泉《しんせん》の巫女姫《みこひめ》の伝説だけど……」

瑠威に背中を預け、広い胸にもたれかかるようにして座りながら、杏珠は沈黙を破って語り始める。

それはこれまで彼女が見たことや考えたことを総合して、ようやく杏珠なりに導き出した結論だった。

「ああ」

瑠威は肯定の言葉を返してはくれたが、それ以上は語らない。

なので杏珠は、李安《りあん》の耳に入ったならば荒唐無稽《こうとうむけい》だと一刀両断にされてしまうかもしれない自分の考えを、そっと瑠威に伝えた。

「巫女姫が真摯に泉に祈りを捧げれば、神泉から天の御使《みつか》いが姿を現すと……でもどれだけ祈っても、私にそんな奇蹟《きせき》は起こせなかった。でもひょっとしたら、ひょっとして……私自身は天の御使いにもう会ってるんじゃないかしら?」

背中に感じる瑠威の体が、ビクリと震えた気がした。その反応に少し勇気を貰って、杏珠はゆっくりと顔だけ瑠威をふり返る。

「ねえ……違うかしら、瑠威《りゅうい》？」

緊張のあまり少し渇いていた唇に、瑠威の唇が微《かす》かに触れた。そして再び離れていく。

「違わないよ」

温かな慈愛に満ちた声でそう告げられ、杏珠《あんじゅ》の目頭《めがしら》が熱くなった。

どれだけ真摯に祈りを捧げても、何の成果も得られないと悩んでいた心が、ほんの少し軽くなる。

杏珠は確かに、巫女姫《みこひめ》として天の御使《みつか》いを――瑠威を――呼び出すことには成功していたのだ。

「でも奇蹟《きせき》は起きないとあなたは最初に言った」

「うん。そうだね」

「それは今も変わらない？」

「うん。残念ながら……」

「そう……」

答えたきり、もう後には言葉が続かない。

天の御使いが――瑠威が――杏珠には奇蹟を起こすだけの力量がないと、ハッキリ巫女姫失格を言い渡したようなものだ。

否、瑠威にはもうずっと以前、出会ったばかりの頃からそれがわかっていたのかもしれない。

だからこそあんなにもハッキリと、奇蹟は起こらないと言い切られた。何度も家に帰れと促された。

それを杏珠が意地になって、この地に留まったことは、多くの人々にとって災いとはなれ、決して救いにはならない。ならなかったのだ。

己の力不足と無知を杏珠は悔いた。

「ごめんなさい。私、何もわかってなくて……たくさんの人に迷惑をかけた」

「杏珠？」

「瑠威、私もう巫女姫を辞《や》めるね。そしたらまたどこかで新しい巫女姫が誕生するかもしれない。私じゃなくてその人だったら、瑠威にちゃんと力を貸してもらえるかもしれない」

話すうちに涙が零《こぼ》れてきた。

その新しい巫女姫から、瑠威は杏珠にしたのと同じようにして、気を分けてもらうのだろうか。杏珠にしてくれたように、今度はその巫女姫を大切に慈しみ護《まも》るのだろうか。

考えると胸が引き裂かれるほどに痛い。

ああいう行為はもう自分との間だけであって欲しいと。抱きしめてくれるこの腕も、重ねられる唇も、未来永劫《みらいえいごう》自分だけのものであって欲しいと。

天の御使いとしてではなく、ただの瑠威《りゅうい》として、彼を欲してしまう杏珠《あんじゅ》はなんと罪深いのだろう。力不足の巫女姫では望むべくもない未来ばかり、願ってしまう。

むせび泣く杏珠《あんじゅ》を、瑠威《りゅうい》が背後から骨が軋《きし》むほどに抱きしめる。

「何を言ってる？　何を言ってるんだ杏珠！　私は君以外の巫女《みこ》姫《ひめ》なんていらない。必要ない！」

その叫びを聞けただけで、十分幸せだと杏珠は思った。

なので瑠威を惑わしてしまうような涙を拭《ぬぐ》い、できるだけ真剣な面持ちで彼を見つめる。

「だけど私じゃこの国の窮地は救えない」

「違う！　逆だ！　私が出来そこないだから、君の……巫女姫の願いに応えてあげられないんだ！」

思いもかけない瑠威の叫びに、杏珠は体ごと彼をふり返ろうとした。

しかしまるでそうさせまいとでもするかのように、瑠威が背後から杏珠を抱きすくめる。

「もう三百年……三百年もの長い間、私はこの国を見守って来た。その中では何名も巫女姫が誕生したよ。でも殆《ほとん》どの巫女姫は、神泉よりもこの国の窮状よりも、自分の方が大切で、後宮での豪奢《ごうしゃ》な生活に耽《ふけ》ったり、巫女姫に選ばれたことを後宮に入る足がかりとしか思っていなかったり、そんなことのくり返しだった……君が初めてだったよ、宮城《きゅうじょう》に着くなりこの場所に足を運んだのは」

「そんな……私、別にそんなに深い考えがあったわけじゃ」

「うん。でも嬉《うれ》しかった。他の何よりも巫女姫としての責任を重視する。そう体現してくれたみたいで、久しぶりにワクワクした。緊張して倒れてしまうくらい、任命の儀にも一生懸命で、勤めが始まったら本当に毎日祈りを捧げに神泉までやって来て、そんなことは初めてだったから、本当に嬉しかった。もし私にそれができるのなら、君の願いだけはなんとしても叶《かな》えてあげたかったのに……私にはそれができないんだ……どれほど願っても強大な力は手に入らないし、扱うこともできない。そのくせ宮城に住まう女性たちや忠篤の好意に甘えて、人間の真似《まね》事《ごと》のようなことをして、いたずらに月日を浪費している……」

瑠威の声が真剣みを増し、僅かに低くなる。その悲壮な響きに、耳元で聞いている杏珠の胸までも、ギシギシと音を立てて軋《きし》んだ。

「私が辞すれば……と言ったね？　変わるべきなのは君じゃない。私の方だ。私がいなくなり、この国に天から新しい御使いが遣わされれば、杏珠……君ならすぐに奇蹟を起こせるだろう。だってこんなに巫女姫らしい巫女姫なのだもの……」

最後の言葉はまるで絞り出すかのように、瑠威の喉の奥から発せられた。

「私のことなんてすぐに忘れるよ。だから杏珠はここを去ることはない。去るのは私の方だ」

「いやっ！」

今度こそ体を反転させ、杏珠は彼の腕の中で瑠威に向き直った。目の前にある首を自分の方に引き寄せるようにして腕を回し、しがみつく。

「私は瑠威がいいの！　瑠威じゃないといやっ！」

のだった。
「杏珠《あんじゅ》」
　重なる唇は、これまで交わしたどの口づけよりも深く、お互いの心をお互いに示すようなも
のだった。
　故に放せない。まるでこれを放したらその時が永久の別れでもあるかのように、求めあい
絡み合って呼吸を奪い合う。
「ふ……う……んっ」
　艶めかしい声を上げて、自分の胸にしなだれかかる杏珠の体を抱き締めながら、瑠威《りゅうい》が杏珠
の耳に囁《ささや》きかける。
「杏珠……私に一つだけ考えがある」
「…………？」
　すっかり乱れた呼吸にはあはあと肩で大きく息をしながら、熱に浮かされたような目で、杏
珠は瑠威の顔を見つめる。
「この間、杏珠に気を分けてもらった時に、神泉の水位が大幅に上がっていたんだ。これまで
にもそれらしきことは何度かあった。でもこの間のあの時が……一番凄くて……」
　何事かを口に出しては言い難いらしく、困ったように視線を泳がす瑠威の顔を見つめ、頬を
真っ赤に染めながらも、杏珠はコクリと頷いた。
「いいよ……」

「え？」

「それで瑠威の力になれるのなら……もしかしたらこの国に雨をもたらす力を得られるのかもしれないのなら、いい……」

「杏珠……」

愛おしむように名前を呼んでくれる瑠威を見上げ、杏珠は更に言葉を継ぐ。

「でも本当は……私がただ、瑠威に求められるのが嬉しいだけなの……」

顔を真っ赤にしてそう呟いた杏珠を両腕に抱え、瑠威は先程、忠篤《ちゅうとく》から使用許可を貰ったばかりの祠堂《しどう》に向かって歩き始めた。

おそらく廟《びょう》の奥にあるはずの居室《いま》ぐらいは、すでに整えてあるだろう。

『何に使うんだか、ぜひ見に行きたいところだ』

揶揄《やゆ》するように投げられた言葉に、再び心の中だけで舌を出す。

(仮初めの私の離宮だよ。それ以外に何がある！)

やましい気持ちなど微塵《みじん》もない。

瑠威は愛しい少女を腕に抱いたまま、誰にも見咎《とが》められぬよう、急ぎ足で歩き続けた。

「素敵なお部屋ね」

天帝の像が祀《まつ》られた廟の奥に、ひっそりと設けられた小さな房室《へや》に着いて、杏珠《あんじゅ》はキョロキョロと辺りを見渡した。

廟《びょう》の奥の一部屋だけあって、生活感はまるで感じられない。小さな卓子《つくえ》と椅子が一つ。その他には、ここに籠って祈りを捧《ささ》げる際に、短い休憩を取るためと思われる牀榻《しんだい》が一つ。

枕元と足元とに灯《とも》された篝火《かがりび》の灯《あか》りと、絢《あや》の衾襦《ふとん》もスッキリとした物で、天井からは簡素な紗《うすぎぬ》の天幕が下げられていた。

「おいで杏珠」

瑠威《りゅうい》に呼ばれるので、杏珠は椅子ではなくその牀榻の端に腰かける。これからここで行われるのであろう行為を考えると、心臓が破裂してしまいそうに高鳴った。

「口づけよりもっと、相手から直接気を取り込める方法があると言ったら……驚く？」

耳元で瑠威に尋ねられて、杏珠はおずおずと首を横に振った。おそらく普通の男女が愛し合うように、本当の意味で瑠威と一つになればいいのかもしれない。

不安半分でそう考えていた杏珠は、それをわざわざ口には出さなかったが、杏珠の表情をのぞき込んで確かめた瑠威は、不思議なことに少し悪戯《いたずら》っぽい顔をした。

「きっと杏珠が考えているのとは違うと思うよ？　だってもし仮に私が君の純潔を奪ってしまったなら、その時点で君は乙女ではなくなってしまう」

「あ……」

当然のことながら、神に仕える巫女姫《みこひめ》は清らかな乙女でなければならない。

男性と肉体の交わりを持ってしまったなら、その時点で額《ひたい》の星印は消え、巫女姫の資格も失うと、杏珠も夕蘭《ゆうらん》や桜花《おうか》らから学んで知っていたはずだったのに、すっかり勘違いしてしまっていた。

「じゃあ……？」

もうまるで見当がつかなくなり、少し怯えたような表情になった杏珠に嗜虐《しぎゃく》心を刺激され、瑠威はわざとはぐらかすような答えを返す。

「ひょっとしたら君が考えていたより、もっと恥ずかしいことかも……」

「え？」

杏珠が瞳を瞬いた瞬間に、瑠威の手が彼女の襟元へと伸びた。紗《うすぎぬ》で作られた薄い被帛《ひはく》を肩から滑り落とし、杜若《かきつばた》色の長裙《ちょうくん》を胸の下で留めている太めの帯を解く。

するすると慣れた手つきで脱がされるまま、杏珠はあっという間に、内衣《うちごろも》一枚きりの心許《こころもと》ない姿にされてしまった。

「杏珠……」

瑠威自身は背に上り竜の姿が刺繍《ししゅう》された長袍《ちょうほう》さえ脱いでおらず、房室《へや》の中には明々と篝火が燃えているのに、自分ばかりがほぼ半裸のような姿に剥《む》かれ、杏珠の頬《ほお》が羞恥に染まる。

「瑠……んっ」

非難の意味を込めて呼んだ名前は口づけによって遮られ、瑠威《りゅうい》に心持ち上から覆い被さられたことで、高く結った髷《まげ》が後方の壁に当たる位置まで、杏珠《あんじゅ》の体が斜めに倒れた。

内衣《うちごろも》の襟元を緩められ、両肩が露《あら》わになるまで下げられるので、杏珠は慌てる。

「んっ！　……んんっ」

そうするうちにも唇に重なっていた唇が、頬を伝って首筋へと移動し、それにつれて内衣はますます下へと下げられた。

「ま、待って……やっ！」

抵抗の声も虚《むな》しく、杏珠の豊かな胸の膨らみが篝火《かがりび》の艶めかしい灯りの下で露わにされる。

息を呑むほどに、白く滑らかな雪肌。それと対《つい》を為《な》すような、薄桃色に色づいた先端の小さな蕾《つぼみ》。

杏珠は両腕で覆い隠そうとするも、ちょうど内衣《うちごろも》を肘の辺りで止められており、それが手枷《てかせ》のようになって、隠すことができない。

「やっ……やあ」

恥ずかしげに頬を染める杏珠に、瑠威は躊躇《ためら》うことなく手を伸ばし、二つの胸の膨らみを掌中に収めた。

「やぁっ……あ」

前回は牀榻《しんだい》に横になっての行為だったので、杏珠に見えるのは紗《うすぎぬ》が垂れ下がる見知らぬ天井と、愛しげに自分を見下ろす瑠威の顔ばかりだった。

それすらもほとんど目を閉じていたせいで、まともには見ていない。

しかし今回は、完全に牀榻に横にならせては貰えず、背を少し後ろに倒しているとはいえ、ほぼ座ったままの体勢なので、否《いや》が応でも様々な光景が目に入ってしまう。

瑠威の手の中で、自分の胸の膨らみが自在に形を変える光景や、瑠威の形のいい唇が自分の肌を辿《たど》って行く光景。

「やっあ……ああっ！」

堪えようもなく感情を煽《あお》られる。

胸を強く弱く揉《も》みしだきながら、瑠威が杏珠の首筋に唇を這《は》わせる。恥ずかしさに杏珠が顔を背ければ背けるほど、瑠威の目の前に細く真白なうなじを晒《さら》すことになって、慄《わなな》くその肌を温かな舌が何度も上下に行き来した。

「はんっ……あぁぁ……」

蕩《とろ》けそうな声が喉をついて出てしまう。恥ずかしくてたまらないのに、止められない。

瑠威の手の中で固く尖《とが》った胸の先端の蕾が、長い指の間に捕らえられ、少し痛いくらいに揺さぶられる。

「ああんっ……ぁあっつ」

自分がどれほど淫らな声を上げているか。杏珠にはもう考える余裕もなかった。

ただただ瑠威《りゅうい》の手の動きと唇の動きとに翻弄され、我を見失って嬌声《きょうせい》を上げる。上げずにはいられない。

篝火の焚《た》かれた小さな房室《へや》はかなり気温が高く、杏珠《あんじゅ》の絹のように滑《なめ》らかな白肌も、前回よりますますしっとりと艶《つや》を増す。

手に吸い付くような感触を楽しむかのように、瑠威はゆっくりと杏珠の柔肌を撫で、てのひらで捏《こ》ね、力強く揉みしだく。

「はあっ……ああっ……ああ」

まるでもうすでに頂点が近いような、悩ましげな声を自分が上げていることに、杏珠はまるで気が付いていない。

「感じやすいんだね、杏珠は」

耳元に息を吹きかけるようにして囁かれると、ただそれだけで大きく肌を戦慄《わなな》かせてしまう。

瑠威の語る内容が、わざと杏珠の羞恥心を煽るような内容なのだから尚更《なおさら》だ。

「やっ……そんなこと言わないでぇ……」

鼻に掛かった甘えた声ほど、余計に瑠威の嗜虐心《しぎゃくしん》を刺激するものにしかなりはしないのに、杏珠はそれをまるでわかっていない。

それまでかろうじて理性を繋《つな》ぎ止《と》めていた瑠威が、故意にか無作為にか、己に課せていた戒めをといた。

ずっと手中に収めていた柔らかな膨らみへと、躊躇《ためら》うことなく唇を落とす。

「やっ……やあ……ああっ」

大きく背をしならせて杏珠が後ろに仰《の》け反《ぞ》る。そのせいでますます胸の膨らみは前に押し出され、瑠威の眼前で誘うようにたわわに揺れる。

瑠威はそれらを夢中で両手に摑み、交互に唇を這わせた。

「やっ……ダメぇ……そんなことしないで……っ！」

首を振って身悶《みもだ》える杏珠の言葉を耳にすると、愛《いと》しい少女をますます追いつめてしまいたくなって、拒否された行為をいっそう早く淫らにくり返さずにはいられない。

ちゅるっ、ちゅるりっと交互に膨らみの先端で固くなった突起を口に含む音が、わざと杏珠の耳にも聞こえるほどに、大きく吸い付いた。

「やっ、あっ、あっ、ああっ！」

すぐにでも絶頂を迎えてしまいそうな声を上げて、大きく首を振る杏珠の髷《まげ》が、乱れて形を崩す。

大元を止めている簪《かんざし》を抜き取り、剥《む》き出《だ》しになった肩の上に散らしてみると、真白い肌に群青《ぐんじょう》色の髪が良く映える。

ほんのりと目尻と頬を赤くした顔にも、彩《いろど》りを添えてなんとも艶《なま》めかしく色っぽい。

普段はただただ可愛《かわい》らしく、可憐《かれん》な印象の杏珠の、こんなにも美しく淫《みだ》らな姿を知っているのは自分だけなのだと思っただけで、瑠威《りゅうい》の心は幸せに満たされる。

「瑠……威っ……瑠威……！」

涙ながらに杏珠《あんじゅ》が自分の名前を呼ぶので、瑠威は胸の膨らみから唇を離し、そっと杏珠のこめかみに口づけた。

「何？」

楽しげに息を弾《はず》ませながら聞くと、潤《うる》んだ瞳で乞うように見つめられる。

「……まだ……？」

杏珠から気を取り込むための行為は終わらないのかと尋ねられ、身悶《みもだ》える杏珠のあまりの可愛らしさに、自分がまだその行為に及んでいなかったことを瑠威はようやく思い出した。

「まだだよ」

怯えたように視線を彷徨わせる杏珠の顎を片手で捕らえて、深く口づけてから告げる。

「これからだ」

それから、まだ内衣《うちごろも》に包まれたままの杏珠の下半身にやおら手を伸ばした。

「やっ！　りゅ……んんっ」

抵抗の声を上げられるだろうことは予《あらかじ》めわかっていたので、すぐに杏珠の唇を唇で塞いだ。

柔らかいながらも適度な弾力をてのひらに感じさせる内腿《うちもも》を、焦らすように上下に数回撫でる。

瑠威の手から逃れようとするかのように、杏珠の腰が動く。けれど牀榻《しんだい》の上で半分圧し掛かられているような体勢なので、逃げられるはずもない。

いよいよ脚の付け根にも近い部分を撫でられて、杏珠がヒッと喉の奥で啼《な》いた。

「ふ、うんっ……んっん」

非難の声を上げたいのだろうが、それを全て奪われているので、バタバタと足をバタつかせてささやかな抵抗を試みる。

その動きを逆手にとって、瑠威は左右の手で杏珠の細い足首を摑《つか》んだ。

大きく開かせるようにして膝を立てさせると、固く閉じていた杏珠の双眸《そうぼう》が驚きに瞠《みは》られる。

しつこく唇を追う瑠威の唇を、首を激しく振ることで振り切って、杏珠はたまりにたまっていた悲鳴を声にした。

「やっ！　何するの……瑠威っ！」

それを合図に瑠威は大きく開かせた杏珠の足の間へと身を屈《かが》めた。

「やっ！　いやあっ！　やだあぁ」

まだ指先でも触れられていなかった秘めたる部分に、何の前触れもなく口づけを落とされて、杏珠はあまりにも大きな驚きと強すぎる刺激にむせび泣いた。

「だめっ……そんなとこダメぇ！　……やめてえ……っ」

乙女の柔肉《やわにく》は、今にも蕩《とろ》けてしまいそうなほどにもう十分に濡《ぬ》れていた。そうなっていることが自分でわかっていたからこそ、杏珠《あんじゅ》も瑠威《りゅうい》がその場に顔を埋める行為をこんなにも嫌がっているのかもしれない。

「そんな……そんなっ！　汚いよぉ」

涙声の叫びに、そんなことがあるはずもないという答えを込めて、瑠威はその場所に強く吸い付く。

「あっ！　ああああっっ！」

杏珠の腰が大きく跳ねた。

なんとかして逃げようと暴れる二本の足を、渾身《こんしん》の力で大きく広げ褥《ふとん》に縫い止め、抗《あらが》おうにもその術《すべ》を全て奪う。

どこか狂気にも似た征服欲を瑠威は確かに自覚しながら、杏珠の中から溢《あふ》れ出《で》てくる透明な蜜《みつ》を丹念に舌先で舐《な》めとる。

動物が食事をするような、ぴちゃぴちゃという卑猥《ひわい》な音が杏珠の耳を打った。

「や……だ……やだよぉ……」

甘えたような懇願の声は、真剣に涙混じりだったが、瑠威はその行為を止めるつもりはまったくなかった。

気を誰かから取り込むには、てのひらで触れるという最も簡単で軽いものから、瑠威が今杏珠に行っているような、最も濃厚で淫靡《いんび》なものまで様々な方法がある。

舌に舌を絡ませる深い口づけは、かなり多くの気を相手から受け取るのに有効な方法だったが、更に体内から溢れ出す愛液を啜《すす》る行為は、その上をいく効果だ。

と言っても、もちろん誰にでもできる行為ではないので、瑠威《りゅうい》も実際に行ったのはこれが初めてだった。

相手に悦《よろこ》びを与え、十分濡らしてからでなければ意味がないので、執拗《しつよう》に杏珠《あんじゅ》の体を弄《いじ》った。

それはもちろん、こうしなければという打算のためではなく、あくまでも瑠威の欲望に基づいた行為ではあったのだが。

愛する人からの執拗な愛撫《あいぶ》に杏珠は激しく乱れ、図らずもしとどに下肢を濡らしてしまい、それを瑠威に与えることに成功した。

しかしこれで正しく気の受け渡しが行われたと後でいくら説明されても、きっと杏珠は納得しないだろう。

恥ずかしさにすすり泣く杏珠の心を慰めるべく、瑠威はその場所からしばし顔を逸《そ》らして、杏珠の震える太腿《ふともも》へと口づけを移した。

「汚いはずないよ。杏珠の肌は淡雪のように真っ白で、どこも本当に綺麗だ」

言いながら先程まで口づけていた部分に指を伸ばすと、杏珠の全身が大きくビクリと揺れる。

「とても綺麗だよ杏珠……」

「………っ」

指先で撫でるように上下に擦ると、まだ固く閉じたままの柔らかな割れ目から新たな愛液が滲《にじ》み出《だ》して来た。それを大切な花の蜜をすするかのように瑠威が唇で受けると、ようやく杏珠が泣き声以外の声を漏らす。

「そんなことないと……思うっ……」

「いや、綺麗だ」

言葉ではなく体で返事をするかのように、また透明な液がトロリと杏珠から流れた。

蜜に潤んだ杏珠のその箇所は、まだ咲ききらない花の蕾のような様相をしていて、瑠威は本気で美しいと思う。

「そんなに……見ないで」

「どうして？　こんなに綺麗《きれい》なのに」

「恥ずかしいから……」

「気にしなくていいよ」

しばらく会話を交わしたせいだろうか、次に瑠威がその場所に口づけた時には、杏珠はもう抵抗の言葉は出さなかった。

ただとても深くて甘い、蕩《とろ》けるような声をあげた。

「はあ……っん」

声と共に杏珠の秘所からは、透明な愛液がまた滲み出し、瑠威の唇を潤していく。

それは大袈裟《おおげさ》ではなく本当に、どんな糖蜜《とうみつ》よりも甘くまろやかで、舌の上で蕩《とろ》けるような味がした。

「瑠……威っ……」

甘えるような嬌声は、杏珠《あんじゅ》もまたその行為により、心地いい快楽を享受しつつあることを物語っている。

「杏珠……」

敏感な器官に顔を埋めたまま、瑠威《りゅうい》は愛しい少女の名前を呼んで、愛《め》でるように少し舌を上下に動かした。

「あっ……ぁあん」

悩ましげな声を上げながら、とうとう自分の体重を二の腕で支え切れなくなった杏珠が、背で戒められた両手を下敷きにしたまま、牀榻《しんだい》の上に仰向《あおむ》きに倒れる。

それでも両手で摑《つか》んだ彼女の両足首を瑠威が放すことはなく、杏珠は膝を立てて、脚を大きく開かされたままだ。

自然と甘い蜜を滴《したた》らせる割れ目がわずかに左右に開いて、そこに割り込ませるようにして瑠威が舌を差し込む。

「あっ、あああっっ！」

杏珠に抵抗の意志はもうなかった。指でその部分を愛撫された時以上の快感が下半身から駆け上り、思考までも蕩ける。

「はあんっ……あっ、あっ！」

自在に自分の中に出入りし始めた瑠威の舌の感触を、確かに体内に感じながら、高みへと一気に上りつめていく。

「ああっ！　あああぁっっ！」

ひときわ大きな声を上げて、つま先までピンと足を突っ張らせた瞬間、杏珠の中で何かが大きく弾けた。目の前が霞《かす》み、押し上げられた高みから今度は一気に谷底へと突き落とされる。

「や、ああああっ！」

体の奥深くがビクビクと収縮し始めたのに合わせて、これまでの比ではない量の愛液が、自分の中から溢れ出す感覚がわかった。

前回はそこで意識を手放してしまったが、今回はなんとかまだ保ったままだったので、初めての激しい愉悦《ゆえつ》に襲われる。

全身から力が抜ける。特につい先ほどまで緊張に張り詰めていた下腹部の辺りは、もう腰さえ持ち上がりそうにない。できることならこのまま、この場所で眠ってしまいたい。

それなのに瑠威は、脱力する杏珠の腰を掬《すく》うように持ち上げて、濡れそぼってヒクヒクと戦慄《わなな》いている割れ目に、当然のように自分の口を宛《あて》がった。

「あああっ！　やああっ！」

あまりのことに半狂乱の体で、杏珠《あんじゅ》は悲鳴をあげる。

頂点を極めたばかりの秘所《ひしょ》はかなり敏感になっていて、風が当たるのでさえ腰がビクビクするほどに強い刺激に感じるのに、そこに今舌を這わされるのは狂気以外の何でもない。

「やっ！　やっ！　やあああぁあっ！」

杏珠はすぐに再び頂点を極め、瑠威《りゅうい》の腕の中でガクガクと腰を揺らした。

「も……うっ、下ろしてぇ……」

涙ながらに懇願するのに、瑠威は杏珠の腰を放そうとしない。それどころか、快感に戦慄く柔襞《やわひだ》に更にまだ舌を押し込み、溢れ出る愛液を飲み干し、更なる快感へ杏珠を誘おうとする。

「無理っ……もう無理……だからぁ」

続けざまに頂点を極めさせられ、杏珠の疲労感は半端ではない。

最早《もはや》目を開けていることも口を開くこともままならず、瑠威の舌に翻弄されたまま、また意識を失いかける。

「やっ……あああぁっ！」

幾度目か分からない昇天の時に、杏珠は遂《つい》に意識を手放してしまったので、実際瑠威がどれぐらいまで杏珠を愛撫し続けたのかは、とうとう彼女にはわからないままだった。

立て続けに絶頂を迎えさせられ、あまりの疲労に、歩くことはおろか立つことさえもままならない杏珠を腕に抱いて、瑠威は神泉へと戻った。

そこにはこれまで見たこともない風景が広がっていた。

小さな石で形作られた泉の輪郭いっぱいに、溢《あふ》れんばかりの水が湧いている。それは通常の神泉の数十倍の大きさにもなり、杏珠がこの場所に辿り着く前、頭の中で描いていた神泉と、よく似た豊かな姿だった。

「瑠威？」

自分を腕に抱いたままの瑠威が何も言葉を発しないので、杏珠はそろそろと顔を上げてみる。泉の水面を見つめる瑠璃《るり》の瞳が、神泉と同じように溢れんばかりに涙に濡れていて、それを目にした瞬間、杏珠の目にも涙が浮かんだ。

（よかったね……）

なんと言って声をかけたらいいのだろう。この国に雨が少ないことに、自らの力の象徴である神泉がみじめな姿を晒《さら》していることに、これまで誰よりも心を痛め傷ついていたのは、この泉の化身である瑠威だったに違いないのだ。

三百年の間、巫女姫《みこひめ》が何度も変わっても、彼は変わることはなかった。

決して好転しない漣捷国《れんしょうこく》の気候と、伝説が叶えられることはない神泉をずっと見てきた。

次第に投げやりな気持ちになり、奇蹟《きせき》など決して起きないと言い切るようになったとしても誰が咎《とが》められるだろう。杏珠《あんじゅ》にはそんなことできはしない。

「瑠威《りゅうい》……」

名を呼んだは良いものの、何を語ったらいいのかわからずに、ただ彼の顔を見つめ続けるばかりの杏珠に、瑠威の方が語りかけた。

「ありがとう、杏珠……」

そうか、お礼の言葉を言えばよかったのかと、反対に教えられたような心持ちで、首を横に振る杏珠を、瑠威が目を細めて見つめる。それはそれは愛おしそうな眼差《まなざ》しで。

「やはり杏珠と一緒ならば、力を振るえる気がする。少しずつ少しずつ、この泉の水を満たしたように……」

嬉しさに胸が張り裂けんばかりに思いながら、杏珠は静かに頷《うなず》いた。

「ええ。私もそう思う」

「これからも私の傍《そば》に居てくれる？　私の巫女姫《みこひめ》として」

「私の……巫女姫……？」

その言葉を、いつかどこかで聞いた気がして杏珠は首を傾《かし》げた。

そしてすぐに、夢うつつに枕元に誰かが現れたような気がした夜に、その誰かが自分をそう呼んでいたことに思い当たる。

その誰かとは、瑠威であるということを杏珠は今ではもうわかっている。

ならば瑠威は杏珠のことを『神泉の巫女姫』ではなく、『私の巫女姫』と、最初から親しみを込めて呼んでくれていたのだ。そう知って嬉しくなった。

いつぞや杏珠の心を塞ぎ込ませた、瑠威は杏珠のことを単なる『神泉の巫女姫』としてしか認識していないのではという憂いが、本当に自分の思い込みに過ぎなかったと知り、二重に嬉しい。

最高の喜びを与えてくれた瑠威に向かい、杏珠は手を差し伸べた。

「私の方こそ、これからも瑠威の傍に居てもいい？」

「もちろん」

あたかも誓いの口づけのように、瑠威が杏珠の唇に唇を重ねた。

それが永遠の誓いとなることを願い、杏珠も静かに受け止めた。


二人がお互いを求め合うことで、神泉の水が満ちる日々は穏やかに続いた。

杏珠の周りの人々は皆、それがたとえ僅《わず》かであったとしても、神泉の変化を手放しで喜んでくれたし、それを見ることで杏珠の心もまた満ち足りた。

（このままずっと瑠威と一緒に居れば、きっといつかは……！）

皆が待ち望む奇蹟も起こせるのではないかと、神泉の巫女姫として勤《つと》めるようになって、初めて胸に希望を抱いた。

しかし、その穏やかな幸せに満ちた時間は、ある日、突然に切り裂かれた。


いつものように瑠威《りゅうい》と共に、神泉に祈りを捧げていた朝、杏珠《あんじゅ》は遠くに、何者かの声を聞いたような気がした。

閉じていた目を開け、辺りを見渡してみると、怪訝《けげん》な顔をした瑠威と目が合う。

「今、何か……」

「ええ」

頷いた瞬間、築山《つきやま》の向こうから鋭い声が飛んだ。

「杏珠様！　ああ杏珠様！　ここにいらっしゃったんですか！　でも先程見に来た時はいらっしゃらなかったからって、だから桜花《おうか》は……あああっ！」

かなり取り乱した様子の夕蘭《ゆうらん》だった。

髪も衣も、常に綺麗に整えていることを宮女の心意気としているような女性なのに、今日は髪がほつれ、衣も乱れたままだ。

「……夕蘭？」

抱き込まれていた瑠威の腕から立ち上がった杏珠は、たたらを踏んで座り込んだ夕蘭へと駆け寄った。

夕蘭自慢の衣も髪も頬も、黒く汚れている。すっかり血走ってしまった目からはポロポロと涙が零れ続け、彼女の衣からも体からも、焦げたような匂いがした。

「どうしたの！　何があったの、夕蘭？」

泣くばかりで、なかなか口を開けない夕蘭の様子に、不安ばかりが煽られる。

気をしっかりさせるためにと、杏珠が両てのひらにすくって与えた泉の水を飲み干し、ようやく夕蘭は話ができるほどになった。

「火事です、杏珠様……露翔宮《ろしようきゆう》が燃えています……！」

「……えっ？」

「突然火の手が上がって、あっという間に宮全体が炎に包まれてしまったんです！　幸い侍女たちも侍従たちも、みんなすぐに外に逃れましたが、桜花《おうか》が……」

「桜花が？　桜花がどうしたの！」

夕蘭の両肩に手を伸ばし、縋《すが》るように摑《つか》んだ杏珠《あんじゆ》の顔を見つめて、夕蘭の表情が大きく崩れた。

「祈りを捧げに神泉に行かれたまま、杏珠様があまりにもお帰りにならないので、ひょっとしたら宮《みや》の中にいらっしゃったんじゃって、あの子は折角外に逃げたって言うのに……もう一度中に……！」

出していた。

夕蘭《ゆうらん》の言葉が終わる前に、杏珠《あんじゅ》は地を蹴って立ち上がり、露翔宮《ろしょうきゅう》のある方角に向かって駆け出していた。

否、駆け出そうとしても、恐怖で足が動かなかったというのが事実で、実際に駆けだしたのは瑠威《りゅうい》だった。

「宮女殿、助けをここまでよこしますから、絶対にその場から動かれないように！　杏珠！　絶対大丈夫だから、君の大切な人は私が必ず助けるから！　だからどうか……泣かないで」

絞り出すような最後の囁きと同時に、かき抱くように抱きしめてくれた腕にすがり、杏珠は面伏《おもふ》せた。

瑠威と共に過ごす時間があまりに幸せで、最近はつい神泉《しんせん》に長居をしてしまう。自分の帰りが遅かったばかりに、危ない目に合わせてしまってごめんなさいと、どうか桜花《おうか》本人に謝ることができますように。

――その思いしか胸にはなかった。

第六章

杏珠と瑠威が露翔宮に到着した時には、宮はすでに、蒼《あお》い昊《そら》を嘗《な》めるように燃え広がる紅蓮《ぐれん》の炎《ほのお》に包まれていた。

着の身着のままで房室《へや》から逃げ出した侍女たちが、先程の夕蘭と同じように黒く汚れた顔で、地面に座り込みすすり泣いている。

「水！　水はまだ来ないのか！」

従者たちは少しでも火の勢いを弱めようと、井戸や泉から汲《く》み上《あ》げてあった水の入った桶《おけ》を手に、あちらこちらと走り回っているが、水の便が良くない露翔宮のこと、当然ながら火の勢いのほうが強く、気休めにもなっていない。

「巫女姫《みこひめ》さま……！　ご無事でしたか！」

杏珠の姿を認めて、声をかけて来る者もあったが、ほとんどは呆然《ぼうぜん》自失の体だった。

「桜花！　桜花！」

瑠威の腕から下ろされるとすぐに、杏珠は燃える邸《やしき》に向かって駆け出そうとした。しかしその背中を、瑠威《りゅうい》が後ろから抱き止める。

「無理だ、杏珠《あんじゅ》。君が行ってもどうにもならない。それより……！」

「そんなっ！」

すっかり動転した杏珠は、瑠威の言葉を最後まで待てなかった。

唇を戦慄《わなな》かせながら、何度も首を左右に振る。混乱する頭には、桜花《おうか》に対する思いばかりが浮かぶ。

それではこのまま桜花を見殺しにしろと言うのだろうか。いつも献身的に杏珠に仕えてくれた桜花を。

巫女姫《みこひめ》に選ばれてから初めて出来た友人で、いつでも一緒だったし、嫌なことがあった時も桜花の笑顔を見れば癒《いや》された。

どんな時でも杏珠のことを一番に考えてくれ、今もこうして杏珠が中に取り残されているのではないかと思い、一人で火の中に帰って行ったらしいのに――。

「いや……いやあ！」

泣きながら瑠威の制止から逃れようと暴れる杏珠の前に、宦官《かんがん》服の青年が駆け込んで来た。

宦官帽はどこかに落ち、服もあちこち焼け焦げて頰《ほお》も汚れているが、いつもとまったく変わらない冷静な顔で、杏珠の顔を覗き込む。

「巫女姫様、無理は承知でお願いいたします。今この時、この地に雨を降らせる奇蹟は起こせませんか？」

思いがけない言葉に杏珠は悲鳴を呑み込み、真剣に自分を見つめる色素の薄い瞳を、見つめ返した。

「李……安……？」

「できませんか？」

瞬《まばた》きすらせず、杏珠をしっかと見据える李安《りあん》の手は、握りこぶしがブルブルと震えるほどに固く握りしめられている。

「私………！」

李安の言うように、今すぐ奇蹟を起こすことができたならどんなにいいだろう。そう思うと、杏珠の胸は押し潰されそうに痛んだ。

そのためにはどうすればいいのだろうか。今この場で、天に向かって祈りを捧げればいいのだろうか。しかしそれならば、杏珠はもうこれまでに、数えきれないほど何度もくり返した。

雨の日も、風の日も。李安に嫌味《いやみ》を言われ、桜花に心配されても、神泉への祈りだけは怠らなかった。

気持ちが足りないのだろうか。これほど真摯に願っても、まだ何が足りないと言うのか。

（………できない！　できないいんだもの！）

胸が張り裂けんばかりの思いで、自らの無力を嘆いているのはおそらく杏珠ばかりではない。

杏珠《あんじゅ》を抱き止めている瑠威《りゅうい》の腕にも力が込められる。

(瑠威……!)

彼もまた、どういう気持ちで李安《りあん》の言葉を受け止めたのだろう。

杏珠が唇を噛み締《し》めた時、彼女の体を捕らえるように背後から回されていた腕が解かれた。

「杏珠、ちょっと待ってて……」

耳元で囁くが早いか、瑠威は杏珠を託すかのように、李安の方にそっと押し出す。

「巫女姫《みこひめ》を頼む」

李安に短く言い捨てて、竜袍の裾を翻《ひるがえ》し、火の粉が舞う露翔宮へと向かい歩き始める。

「瑠……威……?」

放心していた杏珠が我に返り、彼が何をしようとしているのかに思い当たり、後を追おうとした。

しかし前に立ち塞がった李安が、杏珠の行く手を阻む。

「いけません、巫女姫様」

「放してっ! だって瑠威が!」

「あの方ならば大丈夫。そうでしょう? どうか冷静におなりください。我々人間にはとても無理ですが、あの方なら業火《ごうか》の中からでも桜花を救い出せるはずです」

「李安?」

瑠威が何者なのかも、まるで全て知っているかのような口ぶりに、杏珠は驚いて李安の顔を見つめた。

「あなた……？」

「話は後です。いくら人間ではなくても、多少の傷ぐらいは負われるかもしれませんから、桜花と共に出て来られた時に、最低限の手当てをできる準備をしておかなければ、さあ」

促すように手を引かれ、杏珠は李安と共に歩き出した。

「瑠威……！」

炎の中に呑み込まれようとしている背中に、後ろ髪引かれるような思いで視線だけ残しながら、反対の方角へと進んだ。

獣のような火の勢いは全く衰えず、瑠威の背中を完全に呑《の》み込《こ》んだ。


燃え盛る炎の中へと躊躇いもせずに入っていった瑠威にも、果たして自分がこの業火の中でどれほど耐えられるのか、確たる自信はなかった。

それでも他の人間が、それもか弱い女性である杏珠が、入って行くより数段良いことは分かっている。

あちらの世界で凜良《りんら》が誂《あつら》えてくれた物であるため、水に濡れないばかりかどうやら炎も移さないらしい長袍《ちょうほう》の袖を頭に翳《かざ》し、瑠威《りゅうい》は急いで宮の奥へと足を進めた。

「どなたか……どなたかいらっしゃいませんか？」

杏珠《あんじゅ》の身を案じて火の中に戻ったという桜花《おうか》は、宮女の中でも最も杏珠と親しくしていたはずだ。

宮女らが暮らす房室よりも、杏珠が起居する房室《へや》の方に居るのではないかと思い、進んで行くと、杏珠の臥室《しんしつ》の牀榻《しんだい》の傍《そば》に蹲《うずくま》るようにして、梔子《くちなし》色の衣が見えた。

「桜花殿？」

呼びかけると、頼りなげな細い肩がピクリと震え、小さな顔が恐る恐るこちらをふり返る。

どうやら意識ははっきりしている様子に、炎に囲まれて動けなくなってしまっただけなのかと安堵《あんど》し、瑠威が歩み寄ろうとすると、桜花が思いがけないほど厳しい声を発した。

「来ないでください！」

「いや、私は怪しい者では……」

火の中を平気でここまで歩いて来た自分を、そう表現するのは少し相応しくないようにも感じたが、桜花の警戒を解こうと、瑠威はなるべく柔らかに微笑《ほほえ》んだ。

通常なら瑠威の微笑は、女性はもちろん男性まで見惚《みほ》れてしまうほどに威力抜群であるのに、極限状態の桜花にはどうやら通用しなかったらしい。彼女の険しい表情が崩れることはなかった。それどころかいよいよ、険のこもった声で拒否されてしまう。

「わかっております！　杏珠様の大切な方でしょう？　神泉《しんせん》の畔《ほとり》で幸せそうに寄り添ってらっしゃる姿を、何度も拝見いたしましたわ。でも、そうと知らず私は、何度も過ちを犯しました。全ては私の浅慮が原因です。もう杏珠様には合わせる顔もございません。哀れとお思いなら、どうか私のことはもう、放っておいてください……！」

どうやら彼女は、杏珠の身を案じて炎の中に戻ったのではなく、逃げたくとも逃げられなかったのでもなく、自らこの火の海の中に残ったらしいと思い当たり、瑠威は軽く息を呑んだ。

それでも桜花の身を案じてあれほど取り乱した杏珠の思いを、無駄にすることはできず、望まれていないと知りながらも、蹲る肩に手を掛ける。

「何があったのかは知らないが、杏珠は君を心配している。ここから出て、それからゆっくり彼女と話を……」

「できません。できるはずありませんわ！」

ハラハラと桜花の頬を伝い落ちる涙はあまりに透明で、純粋な彼女の内面を表しているかのようだった。

「後宮になど入らない方が杏珠様のためだと仰《おつしや》いましたの……私もそう思いましたわ！　だからそのために、少し嫌な思いをしていただいて、早々に巫女《みこ》姫《ひめ》の職を辞していただこうと……」

両手で顔を覆って泣き始めた桜花の体を、瑠威はそっと抱え上げた。逃げようと桜花は暴れたが、決して放さないよう腕に力を込め、彼女の意識を他に向けるよう話しかける。

「それで君は、杏珠《あんじゅ》がここに居るのが嫌になるように色々細工をしたの？」

桜花《おうか》は驚いたかのように瑠威《りゅうい》の顔を見つめた。それから細い首がポキリと折れてしまいそうなほどに頷《うなず》き、再び涙に濡れた。

「陛下から頂いた花器《かき》を壊してしまえば、いたたまれなくなってお役を辞されるだろうと言われるので私……でも！　ぜひ巫女姫《みこひめ》様にと勧められた衣に、毒の針が仕込まれていたなんて本当に知らなかったんです！　杏珠様を傷つけるつもりは絶対に……！」

「うん。わかってるよ」

瑠威が桜花の何を知っているわけでもないが、杏珠がどれほど彼女のことを慕っているのかならばよく知っている。二人で神泉の畔で過ごす時にも、つい瑠威が妬《や》いてしまうほどに、何度も桜花の名前が出て来た。

一番大切な友達なのだと杏珠が語っていた少女が、彼女を害しようとするはずなどないのだ。全ては桜花が杏珠を思う心を利用し、唆した何者かの仕業――。

「私が失敗ばかりして、杏珠様がいつまでもここを出て行かれないから、露翔宮《ろしょうきゅう》全体に、杏珠様さまへの呪《しゅ》をかけたと言われました。私にはそれを解く術は分からないし、もうこうするしか……！」

それではこのか細い少女が、杏珠を守ろうとするあまりに自らこの宮に火を点けたのかと、瑠威は目を瞠《みは》った。露翔宮は、かりにも宮城《きゅうじょう》の一部。そこにはどれほど大きな決意があったのだろうかと、驚きを越えて感嘆すら覚える。

桜花は顔を覆っていた両手を外し、涙ながらにもう一度瑠威の顔を見上げた。

「ですからどうか、もう私のことはお捨て置きください！　大罪を犯した咎人《とがびと》です。どちらにしても、もう杏珠様のお傍にはおれません……それでは私にはもはや、生きている意味がございませんわ！」

それほどまでに杏珠のことを慕ってくれているのかと、桜花の思いを嬉しく感じながら、瑠威は静かに口を開いた。

「清浄《しょうじょう》の炎という言葉がある。呪を除こうとして君が宮に火を放ったのなら、それは決して罪ではないよ」

「…………！」

「桜花がどれほど主思いの良い宮女なのか、私が王に進言する。こう見えても私は、国王陛下にはかなり顔が利くのだよ。信じないだろうか？」

桜花は驚いたように瑠威の顔を見直し、それからふるふると首を横に振った。

「信じ……ますわ。だってあなた様は、杏珠様がずっと会いたいと願ってらっしゃったお方なのでしょう？　ついに杏珠様の呼びかけに応えて、現れて下さったのでしょう？」

純粋さ故に桜花もまた、杏珠と同じように、物事の本質を見抜く慧眼《けいがん》を持ち合わせている。

そのことを嬉しく思いながら、瑠威《りゅうい》は優しげに微笑んだ。

「主《あるじ》思いで賢く、気が利いて思慮深い……桜花《おうか》は本当に、良い宮女《きゅうじょ》だ。やはりこれからも、しっかりと杏珠《あんじゅ》を支えてもらわなくてはならない」

「私……」

涙ながらにもようやく一歩を踏み出す気になったらしい桜花《おうか》を、瑠威は腕に抱えたまま、歩を早めた。

「行こう。杏珠が待っている」

「……はい」

しかし全ては遅かった。朱塗りの丸柱が支えていた臥室《しんしつ》の天井は、その柱が焼け落ちたことで均衡を失い、桜花と瑠威の上に大きな音をたてて崩れ落ちた。

「危ないっ！」

「きゃあああっ！」

二人が同時に発した言葉は、その姿もろとも業火の中に呑み込まれた。


一方、杏珠は、李安《りあん》の指示に従って露翔宮《ろしょうきゅう》から一番近い葉霜宮《ようそうきゅう》に赴き、そこの主に、桜花と瑠威が休める場所を作らせてもらえるように頼んだ。

葉霜宮で起居しているのは奉耀姫《ほうようき》という王の妃《きさき》の一人で、杏珠に仕えるようになる前に、李安がもともと仕えていた人物だという。

「葉霜宮は無駄に広くて、妾《わらわ》は半分ほどしか使っておらぬ。一向に構わぬので、好きなだけ自由に使われるがよい」

気前よく杏珠の要請に応えてくれた耀姫は、古くからの伝説に謳《うた》われている月の天女とは、こういう姿をしているのではないかと思うほどの美女だった。

濡《ぬ》れ羽色《ばいろ》の黒髪に、翡翠《ひすい》の瞳。真珠のような肌はしっとりと匂い立つように輝き、鮮朱の唇と共に、なんとも妖艶な雰囲気を醸し出す。

相手の心を一瞬で奪うかのような切れ長の大きな瞳に、真っ直ぐに見つめられ、向かい合って榻《ながいす》に座る杏珠《あんじゅ》は、返事をするのにも緊張した。

「はい。ありがとうございます」

それなのに、杏珠の背後に控えて立っていた李安は、耀姫の言葉が終わるや否《いや》や、まるで勝手知ったる自分の家とばかりに、すぐさま居室《いま》の中に居た葉霜宮の従者たちに、次々と指示を出し始めた。

「それでは、愁夜《しゅうや》と陽円《ようえん》は臥室《しんしつ》を二室整えておくように。莉香《りこう》に言って男物と女物を一組ずつ、寝間着も用意してもらえると有難い。すぐには食事もできないだろうから、薄い粥《かゆ》のようなものと、新鮮な水を大量に準備してくれ。水が足りないようなら宝星宮《ほうせんきゅう》に行って、李安の使いだ行く。


と厨房《だいどころ》の招悠《しょうゆう》に言えばいいから」

従者や宮女たちは皆顔を輝かせて、「はい」と歯切れの良い返事を残し、房室を駆けだして行く。

後に残ったのは呆気《あっけ》に取られた顔の杏珠《あんじゅ》と、いつもの無表情でふうと軽く溜息《ためいき》をつく李安《りあん》と、美しい顔が歪《ゆが》むのも構わずにピクピクと頬《ほお》を引《ひ》き攣《つ》らせている耀姫《ようき》のみだった。

「……なんっなのじゃ……！　そなたは！」

怒りに震える耀姫の様子に、杏珠は慌てて榻から腰を浮かせた。

「すみません！　あの……」

いくら以前この宮に仕えていたとは言っても、李安《りあん》は今は杏珠の従者だ。王の妃《きさき》を前に、我が物顔で他の宮の従者たちに指示を出したのでは、この葉霜宮《ようそうきゅう》の主である耀姫の怒りを買っても無理はない。

素知らぬ顔で居室《いま》の入り口をふり返っている李安に代わって、謝ろうとした杏珠を、耀姫が相手の心を射抜くかのような目ではっしと見つめた。

「巫女《みこ》姫《ひめ》殿が悪いのではない！　悪いのは全て、そ、その鉄面皮《てつめんぴ》じゃ！　傍におったら清らかな巫女姫の魂が穢《けが》れてしまう！　早く！　早くこっちに来られよ！」

「え？　あ、はい……」

血相を変えて手招かれるまま、杏珠は耀姫の隣へと移動した。同じ榻《ながいす》に並んで座らせてもらうと、まるで以前からの知り合いであるかのように耳に口を寄せられる。

「あの人非人《じんぴにん》が無体な真似《まね》はしておらぬか？　ねちねちと小言を言われたり、終始言葉の揚げ足を取られたり、いつも嫌味を言われたりしておるのではないかえ？」

「え……あ……はい」

美しい容貌に似合わず急いた口調で、矢継ぎ早に李安を非難し続ける耀姫の勢いに押され、杏珠はつい頷《うなず》いてしまった。

チラリと一瞬だけこちらに視線を流した李安の様子を見ていると、どうにもこの後二人になるのが恐ろしい。

「妾《わらわ》はいつでも巫女姫殿の味方じゃ！　困った事があったらいつでもここを訪ねてくればよい。特に、あの冷血漢が巫女姫殿を苛《いじ》めおったならば、すぐに妾が……！」

興奮気味にまくしたてる耀姫の言葉を遮って、居室の入口を見ていた李安がふいに杏珠に声をかけた。

「巫女姫様、どうやらお戻りになったようです」

慌てて耀姫の腕を潜《くぐ》り抜《ぬ》けて立ち上がった杏珠は、次いで耀姫に深々と頭を下げた。

「耀姫様、本当にありがとうございます。後でまたきちんとご挨拶に伺いますので、お話はその時に！」

杏珠の宮が現在大変なことになっていたことを思い出したらしく、耀姫は口を噤《つぐ》み、神妙な面持ちで頷いた。

「うむ。それではまた落ち着いたら顔を見せてくりゃれ。妾《わらわ》は本当に常々、そなたとは友達になりたいと思っておったのじゃ」

敵ばかりだと思い込んでいた後宮で、思わぬ優しい言葉を掛けられ、杏珠《あんじゅ》は目を潤ませながら再び耀姫《ようき》に頭を下げた。

「はい。本当にありがとうございます」

裳裾《もすそ》を翻して居室《いま》を駆け出して行く杏珠の背中を見送ってから、李安《りあん》も踵《きびす》を返し、恭《うやうや》しく耀姫に一礼する。

「それでは、巫女姫《みこひめ》の付添いとして私もまた近いうちにお伺いいたします。またお会いいたしましょう、姫」

およそ半年ぶりの対面だったというのに、耀姫自身とは最後のその挨拶の言葉しか交わさず、淡々と背中を向けようとする元従者が憎らしくも歯痒《はがゆ》く、耀姫は憮然《ぶぜん》とした声で答えた。

「そなたが今仕えている姫は妾ではないわ、このたわけ!」

しかしそのささやかな反撃も、彼女が自ら鉄面皮と呼ぶ非道な元従者には、傷一つ付けることができない。あっさりと返される。

「いえ、巫女姫様はあくまでも巫女姫様です。私の『姫』は、後にも先にもたったお一人ですから」

眉一つ動かさず、平然そのものといった顔でそう言ってのけ、悠然と居室《いま》を出て行く背中が完全に見えなくなるまで、まるで金縛りにでもあったかのように、耀姫《ようき》は微動だにできなかった。

ぽとりと手から膝に落ちた扇を拾い上げ、悔し紛れに入り口に向かって投げつける。

「李安《りあん》！　この痴れ者っ！」

相変わらずのその罵声を背中で聞き、壁の向こうで李安がいつになく声を出して笑ったことは、耀姫には知る由もなかった。

李安の言葉を信じ、急いで耀姫の前を辞した杏珠《あんじゅ》だったが、葉霜宮《ようそうきゅう》の外まで出てみても、どこにも瑠威《りゅうい》の姿は見当たらなかった。

「李安？」

慌てた様子もなく、後からゆっくりと追いかけて来た李安を訝《いぶか》しくふり返ると、「ああ嘘《うそ》です」と事もなげに告げられる。

ガックリとその場に膝を折ったまま、杏珠はなかなか立ち上がることもできなかった。

「なんでそんな嘘……」

瑠威と桜花《おうか》の身を案じて居ても立ってもいられない杏珠の気持ちは、李安とてわかっているはずなのにと肩を震わせていると、涼やかな声が上から降って来る。

「悪気はない方なのですが、姫様は興奮されると、相手の都合を忘れてしまわれるところがおありでして……巫女姫《みこひめ》様は今はまだ、姫様と楽しくお話しされる心境ではなかったのではございませんか？」

耀姫を前にしての自分の気持ちをピタリと言い当てられ、杏珠は驚きの思いで顔を上げた。

「李安……」

「まあ、あの方のことですから、これからは放っておいても頻繁に、巫女姫様の元を訪問されると思います。お話はまたそれからでよいでしょう」

いかにも耀姫のことならば何でも知っているというふうの口調は、李安にしては普段よりも嬉《うれ》しげだった。

「李安は耀姫様のことが好きなのね」

思ったままを口にすると、いつになく慌てた顔を向けられる。

「何を仰《おっしゃ》います！　相手は国王陛下の妃君ですよ。単なる昔馴染《なじみ》みです。姫様が後宮に入られた時、しきたりをお教えしたのが私でしたので……」

それでも耀姫の話をする時、自分が柔らかな微笑を浮かべていることには李安は気が付いていないのだろうか。いつかそこまで言及してみたいものだと、杏珠は思った。

頰を撫でる風は熱気をはらんで、焦げたような臭いを遠くから運んで来る。

いつまでも座り込んではおられず、杏珠《あんじゅ》は膝をはたいて立ち上がった。

「李安《りあん》は……瑠威《りゅうい》が何者なのか、知っていたの?」

確かめなければと思っていたことを、背中を向けたまま問いかけてみたならば、大きなため息交じりに答えが返ってくる。

「そうですね。巫女姫《みこひめ》様付きにならなければ気が付かなかったかもしれませんが、本来禁園にはいるはずのないような人物が、あれだけ園林《ていえん》内をウロウロしていれば、少し賢《さか》しい者だったらわからない方がおかしい」

「そう……そうね」

杏珠は小さく笑い、李安をふり返った。

李安は真っ直ぐに杏珠を見つめ、次いで軽く目線を下げた。

「お見かけする度、違う女性とご一緒でしたが、いつもどこか遠くを見ておられるふうでした。それが巫女姫様に対してだけは、かなり心を開いてらっしゃるふうだったので、思わず私も柄にもなく少し期待をしてしまいました。先程はすみません」

「ううん。いいの……」

火事の鎮火のために奇蹟《きせき》を起こしてくれと李安に詰め寄られ、それでも杏珠はどうすることもできなかった。力不足は胸に痛かったが、それは李安のせいではない。奇蹟を呼べない杏珠が悪いのだ。

「どうやったら奇蹟を呼べるのかしら？」

詮無いことだと知りながら呟《つぶや》くと、李安がため息ではなく、珍しく答えをくれる。

「それは誰にもわかりません。それができた方はこれまで一人もいらっしゃらないのですから」

「私に……できるかしら？」

「さあ……しかし為し得るとしたら巫女姫様……あなたしかいらっしゃらないと私は思っています。だからこそこうして、お傍にお仕えしているのです」

「………」

滅多《めった》なことでは人を褒めない李安の、それは最高の褒め言葉ではないのかと杏珠が思った時、遠くから人々のざわめく声が聞こえて来た。

期待に胸逸《むねはや》らせながらふり返って見れば、奇岩を組み合わせて人工的に造られた仮山《かりやま》の向こうに、銀色の髪が見えた。

「瑠威！」

その瞬間に、杏珠は駆け出していた。

おそらく無事に帰って来てくれるものと信じていた。しかしそれでも、やはり不安に思う気持ちもどこかにあったのだと、実際その姿を目にして実感する。

身じろぎ一つしない桜花《おうか》を両腕に抱え、自らの足で歩いてこちらまで来る瑠威《りゅうい》の姿は、溢れる涙ですぐに見えなくなった。

「瑠威！」

「杏珠《あんじゅ》……！」

腕に抱えていた桜花を李安らへと託すと、瑠威は倒れ込むように杏珠を腕の中に抱き込んで来た。いつも馥郁《ふくいく》とした香りに包まれる腕の中も、今ばかりは煙の臭いがした。

「大丈夫？　瑠威」

半ば自分にもたれかかる形になった瑠威の体を、杏珠はしっかりと抱き締め返す。

紫紺《しこん》の長袍《ちょうほう》にこそ、焦《こ》げた跡一つなかったが、瑠威の頬《ほお》にも腕にも、黒い煤《すす》と血糊《ちのり》のようなものが付いていていた。

慌てて拭いてみても瑠威の体のどこにも傷はなかったので、おそらく李安らの手によって、房室《へや》へと運ばれようとしている桜花の血なのだろう。

恐ろしさに背筋がゾッと冷えた。

「桜花！」

涙ながらに呼び止めようとすれば、ほとんど血の気が失《う》せた瑠威の手が、それをそっと引き留める。

「大丈夫、傷は全部塞《ふさ》いである。しばらく休んだらきっと目を覚ますだろう……そうしたら杏珠に話したいことがあるそうだから、聞いてあげて」

「……？　……うん……」

それでは瑠威と桜花は、自分のことについて何か会話を交わしたのだろうか。これがおそらく初対面だったはずなのに。疑問に思いながらも、杏珠は素直に頷いた。

「杏珠……」

名を呼ぶ声はあまりにか細く、火事の中から桜花を助け出して、その傷を塞ぎ、ここまで連れて来るのにどれだけ瑠威が力を使ったのだろうかを考えると、杏珠は胸を引き裂かれるような思いだった。

「助けたよ、君の大切な友人」

「ええそうね……ありがとう瑠威」

感謝の言葉に、瑠威も口角を上げていつものように笑ってくれた気がしたが定かではない。苦しげに息をつく姿はすっかり憔悴《しょうすい》しきっており、神泉の畔《ほとり》で見た活《い》き活《い》きとした表情は、今は見る影もなく失われていた。

夢中で頰に手を伸ばし、そっと唇に唇を重ねる。

瑠威と共に葉霜宮《ようそうきゅう》にやって来た者たちが、気を利かせて傍《そば》を離れて行ったように感じたが、ふり返ることも気を廻《めぐ》らすこともすぐにできなくなった。

瑠威《りゅうい》との口づけは、それがたとえ彼の生命に関わる、気の受け渡しが目的であったとしても、杏珠《あんじゅ》の胸を高鳴らせ、甘く蕩《とろ》けるような心持ちにさせる。

(瑠威……)

ようやく少し呼吸が楽になったらしい瑠威が、腕の中にいる杏珠を抱き直し、「ありがとう」と感謝の言葉を耳元で囁く。

その体に嬉しげに両腕を回しながらも、神泉の畔《ほとり》で永遠を誓い合った時のようには、もう素直に喜んでばかりいられない自分を、杏珠は確かに自覚していた。

おそらくもう口を開くことはできるはずなのに、ただ杏珠を抱き締めているばかりで、何も語ろうとしない瑠威も同じ気持ちだろう。

きっとこれからも、二人が睦《むつ》みあい、お互いに慈しみあえば、宮城の園林《ていえん》の中にある神泉には豊かな水が湧く。まるで二人の愛情の大きさ、深さを象徴するかのように。

しかしそれは、所詮は箱庭の中の泉に過ぎないのだ。

どれほど泉が満ちたとしても、雨が降らなければ——奇蹟が起きなければ——国土は潤《うるお》わない。国土が潤わなければ、人々の暮らしが豊かになることもなく、国としての繁栄もこれ以上望めない。

これ以上は何をどうしたら、二人の力で奇蹟を呼ぶことができるのかわからない。

わからない以上、二人にもう先はない。

共にいれば、お互いのことを想《おも》う二人の感情が満たされるというだけで、巫女姫《みこひめ》と天の御使《みつか》いとしては、その存在に意味はない。

――それでも一緒にいたい。

胸痛く思う浅ましい願いを、払おうとするのに杏珠は必死だった。

巫女姫の職を辞して後宮に留《とど》まれば、瑠威と共にいることはできるかもしれない。けれど以前にも悲嘆した通り、瑠威が次の巫女姫と、こうして情を交わし合う姿をも目にすることになるかもしれない。それぐらいならばいっそ――。

突き詰めて考えてみれば、もうすでにその答えしか残っていなかった回答に、杏珠はようやくたどり着き、瑠威の背に回した手にいよいよ力を込めた。

「瑠威……」

呼んだ声が、これまでで一番、溢《あふ》れんばかりの想いを乗せた声になった。それは瑠威にも伝わったのだろう。胸に抱きしめていた杏珠をいったん自分の体から放し、瞳を覗き込むようにして顔を見つめてくれる。

碧玉《へきぎょく》のようなその瑠璃の瞳が、いつも僅《わず》かながらに口角が上がっている微笑みがちな優しい表情が、本音を言えば、杏珠は初めて会った時からずっと好きだった。

他の女性に眼差しを向けられるのが悲しくて、非難したり抗議したりもした。

けれど偶然会うたびにどんどん引き寄せられずにはいられないくらい、好きで、好きで、好きで――。

だからもうこれ以上一緒には居られない。自分の感情を優先して、この国の窮状《きゅうじょう》に目を瞑《つぶ》ってはいけない。

今こうしている時にも、水が手に入らず、乾きに苦しんでいる国民は、国土に多く存在する。乾ききった空気のために、露翔宮《ろしょうきゅう》のように火事で焼失する建物も、街市《まち》もあるのだ。

「ごめんなさい、私……」

まるで杏珠《あんじゅ》が何を言おうとしたのかわかったかのように、瑠威《りゅうい》が唇を重ねてくる。

「ん……っん」

言葉を奪うためだけのその口づけにさえ、全身で反応してしまう体を持て余しながら、杏珠は両手で瑠威の胸をそっと押し返した。

瑠威も抗《あらが》うことなく、杏珠から唇を離した。

「巫女姫《みこひめ》を辞《や》める。やっぱりそうしなくちゃ、もうダメみたい……」

嗚咽《おえつ》混じりになってしまった杏珠の顔から、瑠威は俯《うつむ》くことで視線を逸《そ》らした。

「どうして……どうしてっ……！」

くり返されるばかりの言葉は、杏珠を責めているのではない。瑠威もまた、己の無力さを責めているのだ。

その証拠に、握り締めたこぶしは地面を叩《たた》き、白いこぶしがうっすらと赤くなるのも厭《いと》わない。

　自らを傷つけるかのような行為を止めさせようと、杏珠が瑠威のこぶしにそっと両手を添えると、前屈《まえかが》みになったその体を瑠威がもう一度強く胸の中に抱き込む。

「愛してるんだ」

　震える声にそっと頷《うなず》いて、杏珠もまた瑠威の背に腕を回す。

「私も愛してる」

「なのに……？」

「ええ……もう一緒にはいられない」

「杏珠！」

　瑠威は泣いていた。ハラハラと透明な涙を流しながら、縋《すが》るように杏珠の体を抱き締めていた。

　その想いをさえ踏《ふ》み躙《にじ》って、この国に奇蹟がもたらされるかもしれないわずかな望みに賭けようとする杏珠は、強《したた》かだが美しい。天に選ばれた少女の真心の、なんと強靭《きょうじん》で揺るぎのないことか。

　そう思い当たって、瑠威はもうそれ以上何も言わなかった。

　僅《わず》かに首を伸ばし、自分から瑠威の唇に口づけながら、杏珠が小さな声で懇願する。

「だから私を、最後に全部瑠威のものにしてね」

「…………！」

「あなたの手で、私を巫女姫《みこひめ》じゃないただの杏珠《あんじゅ》に戻してね」

囁くような声は甘く切なく、胸を掻《か》き毟《むし》りたいほどのむず痒《がゆ》さを残しながら、静かに瑠威《りゅうい》の心を切り裂いていく。

「ああ」

サラサラと心地のいい群青色《ぐんじょう》の髪の中に指をすべり込ませ、形のよい頭を片手でしっかりと支え、瑠威はもう一度杏珠に口づけた。

それが間もなく最後となる口づけと知りながら——。

第七章

パラパラと音を立てながら杏珠の手よりも大きな紅《あか》い葉が、遥《はる》か頭上の巨木から次から次へと舞い落ちて来る。

「凄《すご》いわ……」

瞳を輝かせる杏珠の顔を見下ろし、その隣で瑠威もそっと微笑《ほほえ》んだ。

「そうか……前に来た時はほぼずっと気を失っていて、ゆっくりと景色を眺める暇もなかったんだ」

「ええ」

気恥ずかしさに頬《ほお》を染めながら、杏珠が瑠威の顔を見つめる。甘く蕩《とろ》けそうな二人の雰囲気を打ち砕くかのように、後方の園亭《あずまや》から不機嫌な声が飛んできた。

「あのさあ、そこの二人……掃除《そうじ》の邪魔だから、さっさと房室《へや》の中に入ってくんねえかな?」

水色の短髪の少年が、もともと怒っているようにしか見えない吊《つ》り目釣り眉の顔をますます不機嫌にして、杏珠と瑠威の方を見ている。

「もう……柚琳《ゆうりん》ったらほんとにわかってないんだから！　折角《せっかく》いいところなのに、今声を掛けちゃダメじゃない！」

園亭《あずまや》の中の石椅子に腰かけた少女は、長い亜麻色《あまいろ》の髪を揺らしながら、ぷうっと頬を膨らませた。

そして石卓《いしづくえ》の上の菓子器の中から、糖蜜のかかった甘い蒸し饅頭《まんじゆう》を一つ取り出し、杏珠《あんじゆ》に向かって差し出す。

「巫女姫様《みこひめ》もお一ついかが？」

差し出された饅頭も嬉《うれ》しかったが、親しげに語りかけてくれた少女の様子が嬉しくて、杏珠は大喜びで園亭に駆け寄った。

瑠威《りゆうい》も苦笑気味に笑いながらも後をついて来る。

「はいどうぞ。前回はゆっくりお話しもできなかったから、今日はまた来てくださってとっても嬉しいです。私は凜良《りんら》。こっちは柚琳。ここで瑠威《りゆうい》のお世話をしています。どうぞよろしく」

明らかに瑠威よりも凜良や柚琳の方が年下に見えるのに、二人が瑠威の世話をしているのかと思うと、面白くもあり微笑《ほほえ》ましくもある。

杏珠も笑顔で凜良に頭を下げた。

「杏珠です。こちらこそよろしく」

「それにしても珍しいわ……瑠威がここにあちらの住人を連れて来るなんて初めてのことなのよ。それも一度だけじゃなく二度も！　よっぽどあなたのことが好きなのね」

女同士の会話は気恥ずかしくてとても聞いてはいられないと、瑠威が二人の傍を離れれば、凛良はますますあれこれと杏珠に向かって語りかける。

「もういっそのこと、巫女姫様もここに住んでしまえばいいのに。そうしたら毎朝、長袍の色まで悩んで散々時間をかけて準備して、瑠威がわざわざあちらまで行くこともなくなるし……」

子供特有のかん高い声でしゃべり続ける凛良の話を聞きながら、杏珠は少しずつ二人の元から逃げて行こうとしている瑠威の横顔に目を向ける。

瑠威が自分に会うことを楽しみにしてくれていたらしい様子を聞き、実際に頬をうっすらと赤くしている姿を見て、二重に嬉しくなった。

しかし杏珠は嘘《うそ》だけはつけない。

「でも私……」

「杏珠」

じきにもう巫女姫では無くなるのだと、真正直に凛良に答えようとした杏珠を、瑠威が呼び、その言葉を止めた。

初めての来客をとても喜んでいるらしい凛良を、わざわざ悲しませる必要はないと杏珠も思い直した。

「お前、料理はできるか？　掃除は？　裁縫や刺繍は？」

まるで我が家にもうすぐ嫁いで来る嫁を品定めする姑《しゅうとめ》のように、次々と質問を投げかけてくる柚琳《ゆうりん》に、杏珠《あんじゅ》はゆっくりと頷《うなず》く。

「それなりにできると思います。うちは侍女も少ない貧乏貴族だったので、自分でできることはなるべく自分でやっていましたから」

「よし合格だ。やっぱお前、今日からでもここに住め」

「ほらあ、柚琳もやっぱりそう思うでしょう」

楽しそうに笑う凜良《りんら》と、「俺はただ少しでも俺が楽できるようにだな！」とそっぽを向く柚琳を、見つめる瑠威《りゅうい》の目は一見笑っているように見える。しかしよく見れば、少しもの悲しい色が見える。

その理由を知る杏珠は、胸の痛みを共有しようとでもするかのように瑠威を追いかけ、その背にそっと頰《ほお》を寄せた。

「だから！　いちゃつくんだったらさっさと房室《へや》の中に入れって言ってんだろ！」

身の丈よりも長い高箒《たかぼうき》を振り回しながら、追いかけてくる柚琳から逃げるように、瑠威は杏珠を腕に抱え上げて宮《みや》の臥室《しんしつ》に向かって歩き始める。

できることなら今この時で、時が永遠に止まってしまえばいいのにと、杏珠は詮無きことを考えずにはいられなかった。

最後に自分から巫女姫《みこひめ》の資格を奪って欲しいと瑠威に願った杏珠は、その場所をどこだかわからないあの場所にして欲しいと乞うた。

見慣れない天井しか記憶にはないけれど、初めて瑠威に悦《よろこ》びを教えてもらった場所であり、自分が彼に気を与えることに成功した場所だ。

そこで初めて——なのに最後に——瑠威に抱かれることができるなら。そう願って頼んだ。

火事から助かった桜花《おうか》の容体が安定するとすぐに、瑠威は杏珠を不思議なこの場所に連れて来てくれた。しかし、まさかそこが神泉の向こうの自分が住む世界とは異なる世界だとは、いくら杏珠でも想像もしていなかった。

瑠威に抱きかかえられ泉に飛び込んだ時は、彼が思い余って自分を道連れに入水《じゅすい》したのかと勘違いし、大慌てでした。

必死に暴れもがいても、当然ながら杏珠が瑠威の力に敵《かな》うはずもない。

これで一巻の終わりか、けれどまあ瑠威と一緒だからそれもいいかと、杏珠が半ば投げやりに自分で自分を納得させた時、急速に目の前の視界が開けた。

泉の底に白い光が見え、そこから差し込む眩《まばゆ》いほどの陽光。そんなはずないと杏珠が瞬《また》く間にも、その光は大きく眩《まぶ》しくなり、遂《つい》には杏珠《あんじゅ》と瑠威《りゅうい》をすっかり呑《の》み込《こ》んだ。

射るような眩《まぶ》しさに、体が蕩けてしまうかと思った瞬間、ぷかりと顔が水面に出る。

つまり泉の向こうの別の世界に、瑠威と杏珠は泉の中を通り抜けて辿《たど》り着《つ》いたのだ。

そこは木や草花が杏珠の住む世界と比べて若干大きいことを除《のぞ》けば、さほど違いは感じられない世界だった。

瑠威が起居しているという宮は、後宮のそれとよく似ていて、安心感さえ覚える。

しかし圧倒的に違うのは、咲き乱れる花々とむせ返るほどの草いきれを作り出しているたくさんの緑。

枝がしなるほどに葉を付けた巨木には小鳥が巣を作り、色とりどりの花の上を蝶《ちょう》が戯れる光景を眺めるうちに、杏珠の目から溢《あふ》れ出《だ》した涙は止まらなくなってしまった。

杏珠が長く望んでいたのは、この光景だ。

くすんだ色しかない漣捷国《れんしょうこく》の邑《むら》や里《さと》に、岩と小石の色ばかりが目立つ後宮の園林《ていえん》に、見たいと思っていたのはこの色彩。

そのために、巫女姫《みこひめ》となった日から杏珠は懸命に励んだ。自分が真摯に祈りを捧《ささ》げれば、きっといつかはと信じていた。

しかし信じる気持ちは月日と共に心の負担となり、頑張ろうという意欲こそが杏珠の重荷となった。

杏珠の辛い胸の内を共有している瑠威が、涙に濡れる杏珠をそっと抱き寄せる。

神泉を越えたことで、杏珠の衣は全て濡れ、水を滴らせてぐっしょりとしているのに、瑠威の衣は全く濡《ぬ》れておらず、髪一筋も湿ってはいない。

その違いこそが、彼と自分の違いなのだと杏珠は胸痛く受け止める。

文字通り、元々住む世界が違うのだ。杏珠が天の采配《さいはい》によって神泉の巫女姫に選ばれなければ、出会うことさえなかった相手。

杏珠にとって瑠威はたった一人の人だと言い切れるのに、彼にとっては必ずしも自分がそうではないと予《あらかじ》めわかっていることが辛い。

(でも……いいの……)

瑠威の腕に抱えられ、臥室《しんしつ》の中へと連れて行かれながら、杏珠は彼の袍の袖をギュッと摑んだ。

(他の人は考えられないの……)

いつか純潔を失うのならば、それは大好きな相手と――。

年頃の娘であるならば、誰もが一度は胸に思い描くであろう理想そのままに、杏珠は目を閉じた。

神泉の巫女姫としてではなく、恋を知った一人の少女として。

外はまだ陽光が降り注ぐ真昼の時間だというのに、牀榻《しんだい》の上で一枚一枚衣を脱がされていくと、たとえそれが自ら望んでの行為だったとしても、拒否めいた言葉を紡がずにはいられない。

「瑠威《りゅうい》……ちょっと、待っ……」

歯と歯がぶつかるほどに、いつになく激しく唇を塞いできた瑠威の唇に、心と呼吸を乱される。

「ふ……んっ」

仰《の》け反《ぞ》る杏珠《あんじゅ》の背中を抱き締めながら、瑠威は杏珠の長襦《ちょうじゅ》と内衣《うちごろも》を一気に胸の上まで引き下ろした。

白くて丸い双肩が、ほんのりと窓から光が差し込む薄暗い臥室《しんしつ》の中で、くっきりと浮き彫りになる。

真白い肌に己の刻印を刻み付けるかのように、瑠威は杏珠の肩に強めの口づけを落とした。

「瑠……威っ！」

赤い痣《あざ》が出来るほどに柔肌を吸われ、杏珠が小さな悲鳴をあげた。それでも瑠威はその行為を止めるつもりはない。

着替えの際に侍女たちに見咎《とが》められることがあってはと、これまで彼は杏珠の体に跡を残すようなことは一切行わなかった。

しかしそれもうこれで終わり。杏珠が巫女姫《みこひめ》の職を辞し、ただの一少女に戻るのならば、いっそ一生消えないくらいに体中に自分の跡を刻み付けたい。

残虐《ざんぎゃく》さを隠し持つ自分の本質を恥じながらも、瑠威は心の赴《おもむ》くままに、杏珠の首に肩に胸元に、次々と口づけを落とす。

白い肌に赤い花の花弁のような跡が次々と現れて、杏珠の美しさにいよいよ華を添えた。

互いに向き合って座った体勢のまま、剥《む》き出《だ》しにした胸の膨らみに唇を寄せると、杏珠があえかな吐息を漏らす。

「あっ……ああっつ」

自然と後ろに倒れ込もうとする背中に、瑠威が両腕を回して自分の方に引き寄せ、胸の膨らみと膨らみの間に顔を埋めた。

羞恥に染まる杏珠の顔を見られなくなるのは惜しいが、そのまま柔らかな膨らみに舌を這《は》わせ、同時に指も這わせると、杏珠の体がまた後ろに倒れそうになる。

今度は止めることをせず、そのまま白い肢体の上に覆《おお》い被《かぶ》さるように、瑠威も体を横たえた。

「やっ……ああっ……瑠威っ……」

瑠威の背中へとしがみつくように伸ばされた杏珠の手が、彼の体の輪郭を確かめるかのように動いている事には、杏珠自身は気が付いているのだろうか。

熱に浮かされたように愛する相手の名前を呼びながら、絹の敷き詰められた牀榻の上で艶《なま》めかしく体をくねらす杏珠《あんじゅ》には、きっとわかってなどいない。

衣を全て剥《は》がれても、同じように肌を晒《さら》した瑠威《りゅうい》に素肌を重ねられても、全てがもう意識の外だ。

すでに体の奥に燻《くすぶ》り始めた熱を、初めて解放される瞬間を、心は不安に怯《おび》えながらも、体はどこかで心待ちにしている。

脚と脚の間へと、瑠威が手をすべり込ませても、もう以前ほどは杏珠は抵抗の仕草を見せなかった。

ただ、どうしようもない恥ずかしさを誤魔化《ごまか》すため、自分自身の顔を両手で覆う。

それでも濡れそぼっているその箇所を、瑠威が指先で慣らしていく淫らな音はしっかりと杏珠の耳を打って、それをかき消そうとするかのように声を上げずにはいられない。

「あっ……ああっ……いやっ」

「いや？　嘘だろう？」

杏珠の悲鳴を喉の奥で笑いながら、瑠威がふいに顔を隠していた杏珠の腕を払《はら》い除《の》け、彼女の目の前に自らの手を翳《かざ》す。

節の目立つ細く長い指は透明な液体でしとどに濡れていて、瑠威が二本の指を開くとその間で粘着質の液体が、細い糸を引いた。

瑠威の舌がこれ見よがしにその液体を杏珠の目の前で舐《な》めとり、美しくも妖艶なその光景から杏珠は顔を背《そむ》けながら悲鳴を漏らす。

「いやあっ！」

「でもここはそう言ってない」

これまでただ入り口をなぞるだけだった秘めたる部分に、不意に何かが入り込んできて、初めて感じる異物感と腰が砕けそうになる感覚に、杏珠は目を剥《む》いた。

「あっ！　……やっ！」

杏珠の顔をしっかりと見つめたまま、瑠威が杏珠の中に潜《もぐ》らせた指をゆっくりと出し入れする。

「悦《よろこ》んで私の指を締め付けてくる」

ぴちゃぴちゃと耳を塞ぎたくなるような音がその場所から聞こえて来て、杏珠は必死に首を振った。

「やっ！　……そんなこと言わないで……」

「どうして？　私はこんなに嬉しいのに」

すっかり潤《うる》みきって瑠威の指を受け入れることにも全く無理のない杏珠の空洞に、瑠威は更にもう一本押し込む指を増しながら、杏珠の脚に自らの体をそっと重ねた。

まだ瑠威が穿《は》いたままの下穿《したば》きの内衣《うちごろも》越しにも、伝わってくる熱くて固い塊《かたまり》。それが彼の情熱の昂《たか》ぶりだと思い当たって、杏珠の心は震えた。

もちろん嫌なわけではない。純潔を失うということは、これから瑠威《りゅうい》とどんなことをするのかということも、頭の中ではうっすらとわかっている。

しかし突き付けられた現実は、まだまったくその経験がない杏珠《あんじゅ》にはただ恐ろしく、思わず逃げるように腰を引いてしまう。

「逃げないで」

怯えた杏珠の顔をしっかと見つめたまま、瑠威が杏珠の中に潜らせた二本の指を巧みに動かす。

体の中を全てかき乱されるような耐え難い快感に襲われ、杏珠は悲鳴をあげた。

「ぁアッツ……やあ……あっ！」

瑠威は杏珠の中の指の動きをいよいよ早くしながら、反対の手で彼女の頭を押さえ、あえかな吐息を漏らす唇を再び塞ぐ。

「ふうウっ……んっ、んン」

声を奪われたことで快感の逃がし場所を失い、杏珠は淫らに腰を揺らした。

指から逃れようとするその動きを逆手にとって、瑠威は更にもう一本親指を、二本の指を咥《くわ》え込んでいる空洞の上にある小さな粒へと添え、捏《こ》ねるように刺激していく。

「んんウッ……んっ、んっ！」

首を振る杏珠の頭はしっかりと手で押さえ、唇を離すことも許さなかった。

たまらず腰を浮かした杏珠が泣きそうな声を上げる。

「ふうウン！　んんっ！　んっ！」

前回、記憶が飛ぶほどに何度も昇らせ、すっかり杏珠の体に教え込んだ頂点へと、彼女の体が昇り始めた頃を見計らって、瑠威はふいに全ての行為を止めた。

杏珠の秘所から指を抜き去り、頭を支えていた手を放し、塞いでいた唇を離した。

「あっ……あああっ……ふぁ」

杏珠が眦《まなじり》に涙を浮かべながら、極め損ねた頂点への余韻を残したままの体を持て余す。

はあはあと淫らな息を継ぎ、ねだるように唇を僅かに開き、乞うような目で瑠威を見つめながら脚と脚とを擦り合わせる。

「瑠……威っ」

呼びかけられて息を整えながら、瑠威はなるべく平然とした顔で「なに？」と答えた。

見る見るうちに杏珠の菫《すみれ》色の瞳に、大粒の涙が湧き上る。

「お願い……」

そう言えばいいのだと、これからたっぷりと焦《じ》らしながら教えようとしていたのに、存外に杏珠の方から言い出されてしまって、瑠威は焦った。

「や……めないでっ……」

言葉と同時に全身に押し付けられる柔らかな肢体の誘惑に抗えるはずもなく、瑠威は杏珠の脚を大きく開かせ、その間に入った。

「いいの？」

何度確かめても、杏珠《あんじゅ》は頷くに決まっているのに、確かめずにはいられない。

これまでにも何度欲したか分からない愛《いと》しい杏珠の体を、本当の意味で瑠威《りゅうい》が征服し尽くしてしまったなら、彼女はもう自分の巫女姫《みこひめ》ではなくなるのだ。

体が繋《つな》がってしまったら、二人を繋ぐ唯一の絆《きずな》の方が断ち切られてしまう。もう二度と元に戻ることはない。

汗ばんだ群青《ぐんじょう》色の前髪を指先で払い、露《あら》わにした杏珠の額《ひたい》には今はまだ星形の刻印が刻まれている。

しかし欲望のままに瑠威が杏珠の中に押し入ったならば、次の瞬間にはもう消えてなくなってしまうかもしれないのだ。

自分と杏珠をこれまで繋《つな》いでくれていた絆を惜しむように、瑠威は何度も杏珠の額の印に口づけを落とした。

「いいの……いいのよ……」

ハラハラと涙を流す腕の中の愛しい少女が、自分と一つに繋がることを望んでくれている。

それは本来ならば、瑠威の心を何よりも震わす嬉しいことのはずなのに、どこか切なく感じずにはいられない境遇が悲しい。

心から愛し合う恋人同士にとって、歓喜の気持ちしかないはずの初めての営《いとな》みに、こんなにも苦しく悲しい思いばかりが押し寄せることが悔しい。けれど――。

「瑠威……お願い……」

まるで自ら彼を受け入れようとする気持ちを体で表すかのように、瑠威が無理やり開かせたよりも更に大きく彼の前に脚を開いて、長い睫毛《まつげ》を伏せる杏珠の艶《なま》めかしくも美しい表情に、瑠威が情欲を揺さ振られないはずがない。

最後に残っていた衣を脱ぎ捨てると、素肌のまま、自分自身を杏珠の濡《ぬ》れた場所にあてがう。

僅《わず》かに先端が、蕩《とろ》けた杏珠の中に沈み込んで、伏せられた睫毛が息苦しそうに震えた。

「は……っ……」

自分の中に男を受け入れるのが初めてである杏珠に負担を掛けないようにと、ゆっくりと少しずつ腰を進める。

「ああっ……あっ……」

それでも粘膜を引き裂かれる痛みは耐え難いらしく、杏珠が瑠威の腕を縋《すが》るように摑んだ。

震える瞼《まぶた》に交互に口づけを落としながら、瑠威はなるべく優しい声を心掛けて口を開く。

「杏珠、杏珠……それじゃ辛いだけだから、力を抜いて……」

しかし初めての行為に、体中をガチガチに緊張させている杏珠が容易に力を抜けるはずもなく、あまりの締め付けの強さに、半ばまで進んだところで瑠威も動けなくなる。

「杏珠《あんじゅ》……」

名前を呼びながら、何度か耳の下辺りに唇を滑《すべ》らしていると、ようやく息がつけたように、杏珠の胸の膨らみが上下に動き始めた。

呼吸をすることさえ忘れていたのかと、杏珠の純真さに瑠威《りゅうい》は更に愛しさを募らせながら、ピンと立った胸の頂の蕾《つぼみ》を二本の指で摘まむ。

「あっ……！」

杏珠の体が跳ねると同時に、途中まで瑠威が入り込んでいる狭い空洞が、中の襞《ひだ》を蠢《うごめ》かせて激しく収縮し、瑠威も我知らず呻《うめ》き声《ごえ》をあげた。

胸を弄《いじ》られて感じたらしい杏珠の細い空洞が、奥から滲《にじ》み出《だ》して来た愛液に微《かす》かに潤《うるお》され、全く動けなくなっていた瑠威の熱い滾《たぎ》りに、少しの余裕を持たせる。

少しずつ前後に揺らして、最後に先程までよりほんの少し奥へと進ませる。

「あっ……ぁ……っつ」

僅《わず》かな動きでも杏珠にはかなり辛いらしく、悩ましげな声を上げてぎゅっと眉根を寄せる。その表情が瑠威の嗜虐心《しぎゃくしん》を煽《あお》った。

強引なことはわかっていながら、杏珠の腰を心持ち上向きに抱え上げ、更に奥へと腰を進める。

「い……たぁ……ぃひぃっ！」

懸命に堪える顔も、たまらず漏れる呻き声も、美しくも艶《なま》めかしく、ますます瑠威を猛らせる。

堪えきれずに一度杏珠の中から大きく引き抜き、それからかなり強引に押し込んだ。

「やああっ！　たあ……ぁっ！」

杏珠の中を潤す滑りの中に、微かに赤い物を見た気がしたが、構わずに数回抜き差しをくり返す。

「痛いぃっ……瑠威ぃ……っ」

泣き出した杏珠は、もうやめてくれと言わんばかりに首を振っていたが、瑠威にはもう己を律することができなかった。

到底彼の全てを受け入れることはできそうにもない細く狭い空洞を、何度も出入りすることで強引に押し開き、最奥《さいおう》を目指すことしかもう体が許さない。

絡みついて来る杏珠の胎内《なか》の襞《ひだ》は、入り込んで来た異物をなんとか外に押し戻そうと、激しく蠢いているのだろうが、それすら瑠威の征服心を抑える枷《かせ》とは成り得ない。

逆にその襞が戦慄《わなな》くほどに激しく穿《うが》ち、自分自身を擦りつけたい衝動に駆られる。

「あっ、あっ、あっ、ああっ！」

呼吸の仕方さえ忘れてしまったかのように、杏珠が短く声を切って喘《あえ》ぐ。

その間に合わせるかのように、瑠威は杏珠の中を前後に行き来する動きを早くした。

「やっ、あっ、ああっ、ああん」

明らかに色味を帯び始めた声と同じように、きついばかりだった杏珠《あんじゅ》の中の空洞も、ぬめりを増して次第に出入りしやくなる。

まだひどい痛みを感じているはずなのに、先程頂点の手前で放り出された体が、まだどこかに情欲の炎を残していたからなのか、杏珠の細い腰も瑠威《りゅうい》の動きに合わせてたどたどしく動く。

その初々しさが、初めて彼女の中を犯したのは自分なのだという瑠威の征服欲を存分に満たし、もっと杏珠を乱れさせたい欲望から、より彼女に出入りする動きを大きく激しくさせる。

「はあっ……ああっ……あっ、あっ！」

杏珠の声が大きくなるにつれ、瑠威の動きも大きくなり、遂《つい》に空洞の奥の行き止まりまでを貫《つらぬ》いた。

「あああっ！」

熱くて固い物に自分の中をピッタリと埋め尽くされてしまった感覚に、杏珠は一際大きな嬌声《きょうせい》を上げ、肌を粟立たせた。

「杏珠、杏珠……」

瑠威が細く折れそうな杏珠の体の上に自らの体を重ね、繋がりあった部分ばかりではなくお互いの全てを、隙間なく寄り添い合わせるように強く抱き合う。

涙に濡れた頬《ほお》のまま、杏珠も瑠威の口づけにそっと答えた。

額《ひたい》の星印はもう消えただろうか。そう思うと、どこか寂しくもあったが、杏珠に後悔の気持ちはない。これで国土に奇蹟《きせき》がもたらされるかも知れない望みを繋げたのと同時に、自分は女として最も幸せな瞬間を持てた。

無理に体を開かされた疼痛《とうつう》は、まだズキズキと杏珠の柔らかな襞《ひだ》を苛《さいな》んでいるが、同時にどこかで違う感覚も確かに感じている。

自分の中いっぱいに瑠威がいる。そう思うだけで、体の奥が熱くなり、自分の中から何かが溢《あふ》れ出《だ》してくる感覚がする。

「杏珠……」

優しく名前を呼ばれ、口づけられると、自然と瑠威を抱き締めたくなる。手の届く範囲にある広い背中も。自分の中に入り込んでいる熱く硬い物も。

どうしたらそうできるのかということも分からないままに、杏珠の熱く柔らかな襞が瑠威の固い楔《くさび》を温かく包み込み、抱きしめるかのように締め付けた。

その心地良い感触に促されるままに、瑠威はゆっくりと杏珠の中に出入りを始める。

「はあ……ぁ……あぁ……」

杏珠の声にもう息苦しさは感じられなかった。次第に潤み始めた胎内と同じように、蕩《とろ》けるような官能の色の方が徐々に濃くなる。

「ふぁっ……はっ……はあっん」

甘えるような声が愛らしく、瑠威《りゅうい》はわざと問いかけてみたくなる。杏珠《あんじゅ》がとても答えられそうにはない問いを――。

「杏珠……気持ちいい？」

当然ながら杏珠が言葉を返すことはなく、固く閉じた瞼《まぶた》もそのままだったが、瑠威に侵入を許した部分は大きく震え、更に潤《うる》んで動きやすくなったことはわかった。

なのでわざと、杏珠が恥らうような言葉を重ねる。

「気持ちいいんだろ？　もうこんなに濡《ぬ》れてる」

「やっ……あぁ……あ」

言葉より如実に、繋がった部分が瑠威に答えを返す。その通りだと――。

「動くの楽になったよ。杏珠が悦《よろこ》んでるから……」

そう言いながら瑠威が杏珠の膝の裏を片方持ち上げ、突き上げる角度を僅《わず》かに変えたことにより、臥室《しんしつ》内に恥ずかしい音が響き始めた。

すなわち杏珠の中から溢《あふ》れ出《で》て来る愛液をかき混ぜながら、瑠威が自由に彼女の中に出入りする音。

「やぁっ……ああっ！」

じゅっ、じゅるっと空気を孕《はら》んだ淫らな音が、耳に聞こえる度、杏珠の声は高くなり、胎内《なか》はますます潤《うるお》いを増す。

「凄《すご》い……杏珠……！」

杏珠の羞恥心を煽り、官能を高めるため、かけ続けたつもりの声だったが、それが同時に瑠威自身の気持ちと体を高める結果にも繋がる。

夢中で杏珠に出入りし、存分に奥まで突き上げ、他では得られようもない心地よさを、できることならいつまでも享受していたいのに、夢のようなひと時にもいつかは必ず終わりが来る。

杏珠の中ではち切れんばかりになりつつある昂ぶりを、いくら瑠威が冷静にいなそうとしても、もうそれほど長くは持ちそうになかった。

それならばと、片方持ち上げていた杏珠の膝を、もう片方にも手を伸ばし、瑠威は少し杏珠の腰が牀榻《しんだい》を離れ、持ち上がるほどに上に上げる。

「あっ……？　……ああっ！　ああああっっ！」

体を丸めた体勢にされたことで、瑠威が打ち込むものが更に杏珠の奥深くへと突き当たるようになり、杏珠の甘い声が一際大きくなった。

「ふああっ！　あっ、ああっ！」

もう今にも極みに達してしまいそうな声を耳にし、瑠威はますます杏珠の膝を胸に付きそうになる位置まで抱え上げ、容赦なく己を杏珠の中に突き立てた。

「はあんっ……っうう……あっ！　あっ！　ああ……瑠威ぃ……っ！」

艶《なま》めかしく汗に濡れ、淫らな声をあげて、瑠威の名を呼びながら絶頂を迎えた杏珠から、瑠威は己自身を引き抜こうとした。

そうすることが、これから巫女姫《みこひめ》としてではなく一人の少女として、生きて行くことを選んだ杏珠《あんじゅ》への誠意だと瑠威《りゅうい》は思っていた。

普通の暮らしの中で、誰かと出会い普通に恋をして、やがては結ばれ、共に生きることを望む日が杏珠にも来るかもしれない。

それは瑠威にとっては身を裂かれるかのように辛いことだが、巫女姫の任を辞して杏珠が普通の少女に戻るということは、即《すなわ》ちそういうことだ。

そうなった時に、万が一にでも憂いを残してはならないと、瑠威は杏珠の中に残滓《ざんし》を残すつもりはまったくなかった。

それなのに杏珠が、未《いま》だ快感の名残に体を震わせ、大きく息をつきながらも、まるで瑠威がこの上なく酷《ひど》いことをしようとでもしているかのように、悲しげに眉を曇らせふるふると首を横に振る。

「やめて瑠威……抜かないで……」

とても杏珠のものとは思えない言葉に、瑠威は己の耳を疑った。

しかし確かに瑠威の下で体の全てを曝《さら》け出した愛しい少女が、未だ胎内《なか》に瑠威を深く受け入れたまま、彼がまだそこに留《とど》まることを望んでいるのだ。

瑠威にももう限界が近い。正直杏珠の切なそうな表情を目にし、その言葉を耳にしただけで、

危うく彼女の中で精を放ってしまいそうになった。

体を落ち着かせ、心も落ち着かせようと、心持ち杏珠《あんじゅ》から腰を引き冷静になろうとしているのに、それを知ってか知らずか、杏珠が胸を締め付けられるような言葉ばかりを継ぐ。

「瑠威《りゅうい》が欲しいの……お願い。これが最初で最後だから……私に瑠威をちょうだい……」

制止しようとする理性をふり払って、体が勝手に動き出す衝動を、瑠威は堪えきれなかった。

まだ絶頂の余韻に震える杏珠の中に、乱暴なほどに押し入り、でき得る限り奥へと腰を打ち付ける。

「あっ！　ああっ！　アッツ！」

自《みずか》らそれを望んでいながら、蹂躪《じゅうりん》される杏珠の声はあまりにも苦しく辛そうで、瑠威の頭のどこかでは微かに詫《わ》びる気持ちがあるのに体は止まらない。

杏珠の望むように、否《いや》、それ以上に、彼女の胎内《なか》を自分で満たしてしまいたくて思いが猛《たけ》る。

杏珠の最も奥の奥で、はち切れんばかりに漲《みなぎ》る自分を瑠威が自覚した時、どこかで水の流れる音が聞こえた気がした。

それは不思議と、翻弄されるばかりの体に、もう半分意識を手放しつつあった杏珠も同様で、杏珠は不思議に思い、それまでずっと固く閉じていた瞼《まぶた》を開いてみた。

自分を見下ろし、切なげに表情を崩した瑠威の瑠璃の瞳に囚《とら》われる。

そこに映っている自分の艶《なま》めかしく上気した顔。その額《ひたい》には――未だ燦然《さんぜん》と輝く星の御印《みしるし》。

とうに失ったと思っていた物を、驚きの顔で杏珠が食い入るように見つめた瞬間、瑠威の瑠璃の瞳がぎゅっと閉じられた。

同時に杏珠の胎内深くで大きく膨らみ、打ち付けるかのように迸《ほとばし》る奔流。

「杏珠……」

呼ばれるままに瞳を閉じ、優しく深い口づけを交わした瞬間、杏珠の体も二度目の頂点に押し上げられた。

「ふ……うんっ」

激しく奪うようなものではないが、穏やかにゆっくりと、体中を包んだその浮遊感に杏珠が意識を手放してしまおうとした時、再び水の流れる音が聞こえた。

そしてそれは、瑠威と杏珠だけに聞こえる幻聴などではなかった。

「瑠威！　おい大変だ！　瑠威！」

「ちょっと柚琳《ゆうりん》！　バカじゃないの！　さすがに今はやめておきなさいってば！」

柚琳と凜良《りんら》が何事かを争っているかのような声と共に、駆けてくる二つの足音が聞こえる。

何も身に着けていない姿で、こんな時間から瑠威と二人で牀榻《しんだい》に横になっているところを見られるのはさすがに恥ずかしいと、杏珠は慌てて起き上がろうとしたが全く動けない。

そんな杏珠に衾襦《ふとん》を被《かぶ》せて、瑠威はすぐさま内衣《うちごろも》と長袍《ちょうほう》を羽織り、臥室《しんしつ》の入口へと出て行った。

「構わないよ凜良《りんら》、私ならちゃんと起きてる。どうした？　柚琳《ゆうりん》」

杏珠《あんじゅ》の方は、ほんのついさっきまで瑠威《りゅうい》が自分の中にいた感覚さえまだ生々しいのに、もう普通に柚琳らと会話をしている瑠威のうしろ姿に、感嘆する。

（凄い……）

それは男と女の違いなのか。人ではない者と人の違いなのか。ただ単に瑠威と杏珠の違いなのか。判断が付かず、ぼんやりとしたままの頭で首を捻《ひね》るばかりの杏珠を、瑠威がふり返った。

「杏珠！　杏珠、大変だ！」

これまでに一度も見たことがないような瑠威の興奮した顔。

美しい瞳を見開き、喜びのようなものに大きく口角を上げた顔を、もっと間近で見てみたくて、杏珠もそろそろと牀榻の上に起き上がった。

柚琳たちの前に出てもおかしくない程度に衣を着て、髪を整えてから、牀榻《しんだい》を降りようとする。しかし初めての行為に疲労しきった体が杏珠の思い通りに動いてくれるはずもなく、ヨロヨロと床に座り込みそうになる。

急いで駆け寄って来た瑠威が腕に抱き上げてくれ、結局外まで連れて行ってもらった。

こうして瑠威の腕に抱えられるのは、もう何度目になるのか分からないほどに経験があるが、そのどれとも今は違う。

深く繋《つな》がりあって、これまで知らなかった瑠威の全てを知ったような気がするため、今は他の誰よりも彼を近くに感じる。

いつも瑠威の周りから薫っていた何とも好ましい馥郁《ふくいく》とした香りが、香でもなく誰かの残り香でもなく、彼自身の香りだと知って、杏珠は嬉《うれ》しかった。

おそらく、もう終《つい》の別れとなるのだから、せめて今だけは胸いっぱいにその香りを吸い込もうと、瑠威の胸元に顔を埋めていた杏珠を、優しい声が呼んだ。

「ほら、杏珠。見てごらん」

その瑠威の声が、こらえ切れない感情に揺れているような気がして、杏珠は顔を上げた。

「瑠威？」

うっすらと涙を湛《たた》えた瞳に促されるまま、彼の足もとに視線を落として、想像もしていなかった事態にポカンと口が開く。

「…………え？」

瑠威の宮の中庭は、敷地の端にある小さな泉から溢れ出した清らかな水によって、瑠威の脛の辺りの位置まで水浸しになっていた。

「ええっ？」

辺りを見渡して再び驚きの声を上げた杏珠を、瑠威がゆっくりと腕から下ろす。

ちゃぷんと音を立てて自分の足から広がっていく水紋を、杏珠はなんとも言えない気持ちで見つめていた。

——これだけの水が、もし漣捷国《れんしょうこく》に降れば。

長いことずっと杏珠の心を支配していた望みが、巫女姫《みこひめ》ではなくなった今もやはり一番に頭に浮かんでしまい、そんな自分に苦笑する。

自嘲気味に御印《みしるし》があったはずの額《ひたい》に手を伸ばすと、何かがまだ指先に触り、杏珠《あんじゅ》は驚きに目を瞠《みは》った。

答えを求めるかのように、傍《かたわ》らに立つ瑠威《りゅうい》の顔を見上げると、これ以上ない笑顔で嬉《うれ》しげに頷かれる。

「そんな……まさか……！」

足元の水を覗《のぞ》き込《こ》んで見たところ、水面に微《かす》かに自分の顔が映り、確かに額の御印が消えていないことが確認できた。

「でもどうして？」

杏珠は確かに瑠威と結ばれ、純潔を失った。巫女姫が純潔を失ったならば、額の印は消えるはずなのにいったいどういうことだろう。

何もかもが謎だらけで、困惑するばかりの杏珠を瑠威がそっと手招く。

「おいで、杏珠」

呼ばれるままに彼の後をついて行ったならば、杏珠と瑠威があちらの世界から来る時に使った小さな泉へと連れて行かれた。

見れば、この園林《ていえん》中を水浸しにしている水は、その小さな泉から湧き出している。

「これは、神泉なんだ……」

瑠威に説明されるまま泉を覗《のぞ》き込《こ》み、瑠威が水面に手を翳《かざ》すと、覗《のぞ》き込《こ》む自分の顔ばかりでない他の何かが、杏珠の目にも見えた。

『神泉のこんな使い方を知ってる？　見たい物、知りたい物を水面に映すんだよ』

以前瑠威に教えてもらった事柄を思い出し、瑠威のてのひらに己のてのひらも重ねる。てのひらが熱くなるような不思議な感覚を、杏珠が確かに感じたと思った瞬間、泉の水面には様々な映像が映し出された。

「ああ……！」

水に濡れるのも構わず、泉の畔《ほとり》に膝をつかずにはいられない。

そこには杏珠が長く待ち望んでいたもの――雨に潤《うるお》う祖国の姿があった。

珍しい雨に大喜びの笑顔で夢中になって遊んでいる子供たちの姿がある。

そんな子供たちを見守りながら、少しでも雨を蓄えておこうと、桶《おけ》や盥《たらい》や鍋まで並べて、喜びに顔を輝かせている母親たちの姿がある。

驚いて中庭を覗《のぞ》いてみた懐かしい杏珠の父の姿。

（お父様……）

燃え尽きた露翔宮《ろしょうきゅう》の片付けで陣頭指揮を執っていたらしい李安《りあん》が、珍しく表情を崩して空を見上げる。

葉霜宮《ようそうきゅう》の臥室《しんしつ》で、牀榻《しんだい》の上に横になっていた桜花《おうか》は、房室《へや》に駆け込んできた夕蘭《ゆうらん》の言葉を耳にして、両手で顔を覆って泣き出した。

朝議の最中に、窓から外を眺めて満足そうに王がついたため息。雨に濡《ぬ》れる宝星宮《ほうせんきゅう》。賑《にぎ》やかな快哉《かいさい》と笑い声に溢《あふ》れる街市。しっとりと古い瓦屋根を濡らす里《さと》や邑《むら》の家々。次々と映し出される映像に、懸命に涙を堪《こら》えて見入っていた杏珠《あんじゅ》だったが、その菫《すみれ》色の瞳から遂《つい》に涙が溢れ、それきりもう泉は不思議な映像を映し出さなくなった。

「杏珠……」

そっと杏珠の腕を引いた瑠威《りゅうい》が、壊れ物を扱うかのように大切に、彼女を腕の中に抱きしめ、御印に口づけるかのように、その額に唇を落とす。

「私の巫女姫《みこひめ》……ありがとう」

涙混じりのその言葉に、杏珠は何度も首を横に振って、瑠威の胸に顔を埋めた。

「ううん。私の方こそ……ありがとう。瑠威」

下りてくる唇を、歓喜の思いで唇で受け止める。

国土を雨で潤《うるお》すことができたのと同様、これからもこの腕の中に居られるということが、杏珠にとっては一番の幸せだった。

第八章

「で？　結局お前が、大好きな巫女姫をさっさと自分のものにしておけば良かったたってだけの話？　そうなの？　はあーあ、ばかばかしい……そうならそうって歴史書にもちゃんと書いといてくれよぉ……」

およそ彼の身分には似つかわしくない軽薄な口調で、瑠威がこうして報告するのにもかなりの決意を要した漣捷国《れんしょうこく》建国以来の大雨の顛末《てんまつ》を、王である忠篤《ちゅうとく》は躊躇《ためら》いもせずに、ため息交じりに『ばかばかしい』と表現した。

瑠威はその頭を、数年ぶりに拳骨《げんこつ》で思いきり殴った。

「痛っ！　なにすんだよ！　大逆罪で捕らえるぞ、そしたらもう大好きな巫女姫にも会えなくなるな。自分ばっかり幸せボケした罰だ。ザマミロ」

まるで子供の喧嘩《けんか》のように、自分の権力を盾に脅しをかけてきた王を相手に、真面目に対抗する気もうせ、瑠威はもう報告は終わったとばかりに、玉座に坐《ざ》する形式上の主に背中を向ける。

「…………うるさい、バカ」

当然いつものように、「バカと言った奴《やつ》がバカだ」「いや、バカはお前だ」と、大の大人——それも一国の王と、その国を守護するよう天帝から遣わされた天の御使《みつか》い——が、交わすようなものではない幼稚なやり取りがくり広げられるとばかり瑠威《りゅうい》は思っていたが、思いのほか忠篤《ちゅうとく》は顎の下で手を組みながら、ただニヤリと笑った。

「でもまあ……よかったな瑠威」

実際はその言葉に、少なからず胸が詰まった瑠威だったが、所詮は忠篤が小さな子供の頃から、口喧嘩《くちげんか》で応戦することがすっかり習性となってしまっている二人の事。素直な謝辞の言葉など、お互いすんなりと口にできるはずもない。

「お前こそ。私のお蔭《かげ》で歴史書に名を残すことができそうじゃないか……よかったな忠篤」

「色ボケの御使いのお蔭で、忠篤王の御代《みよ》は雨には困りませんでしたって？　なんか微妙……」

「うるさいっ！」

「でもまあ、感謝しとくかな……宮女を唆《そそのか》して巫女姫《みこひめ》に嫌がらせしたばかりか、命まで狙った罪で、俺の一番苦手な宝妃《ほうひ》に後宮から退散してもらえたし、ついでにその父親の揺宰相にも、朝議の場から退場願えそうだし……」

瑠威はハッとした顔で、扉に手をかけたまま玉座をふり返った。

「忠篤。お前まさか、杏珠に嫌がらせをしている黒幕が誰だか知っていて、黙ってたのか？」

「いやいや。もちろんそんなことはないよ」

とぼけたように笑うその顔こそが、最も信用ならないのだということを瑠威はよく知っている。

「くそっ……じゃあこれで、貴様に貸し一つだからな！」

「何を言う！　お前こそ、宮《みや》一つみすみす消失させておいて……ほんとどうせ降らすんならあの時に、恵みの慈《じ》雨《う》とやらを降らせて欲しかったよなあ……」

「うるさいっ！」

今度こそ大きな音をさせて扉を後ろ手に閉め、瑠威は王の間を後にした。

閉じた扉の向こうからは相変わらず、忠篤の馬鹿笑いが聞こえて来たが、もうふり返りはしない。どうせ奴との問答は、どれだけ続けても終わりが見えない。それよりも今は――。

本来ならば一刻も離れていたくない愛《いと》しい少女が待つ園林《ていえん》へと、長い廊下を走り、回廊《かいろう》を抜けて急いだ。

視界の隅を通り過ぎる景色がどれも、以前より鮮やかで美しく見え、人々の顔が悦《よろこ》びに輝いていることが瑠威には嬉しかった。

「そろそろ御使《みつか》い様がいらっしゃるようですよ、巫女姫《みこひめ》様。それでは我々は少し外に出ております」

瑠威《りゅうい》が宮へとやって来たことを、そちらに顔を向けているわけでもないのに素早く察知し、速《すみ》やかに杏珠《あんじゅ》の居室《いま》から出て行こうとする李安《りあん》に、残念ながらすぐに追随しようとする者はそこにはいない。

「あ、でもまだ少し髷《まげ》の角度が……」

杏珠の身だしなみを整えることにひとかたならぬ情熱を傾けている夕蘭《ゆうらん》も。

「お茶ぐらいお出しした方がよくないですか？」

火事の後、これまでの罪をすぐに杏珠に懺悔《ざんげ》し、許しどころか感謝を貰《もら》い、これからもずっと傍《そば》に居ることを涙ながらに誓わされた桜花《おうか》も。

「よいよい構わぬ。妾《わらわ》は一向に構わぬので、そのまま通せ」

なぜかこの中にすっかり混ざりきっている耀姫《ようき》までも。

李安は表情こそ変えなかったものの、かなり険の籠った声で、居室の入り口から三人を呼んだ。

「いいから三人ともさっさと出て来てください！　夕蘭、髷などいくら整えてもすぐに御使い様に崩されてしまいますよ。桜花、どうしてもご準備したいのでしたらすぐに。そして姫様……根っこが生えててそこから動けないのでしたら、私が抱き上げて自室にお連れしますよ！」

　夕蘭と桜花はクスクスと笑いながら、李安と耀姫の顔を見比べている。

　耀姫は長い黒髪を翻して、腰を下ろしていた榻《ながいす》から飛び降りた。

「よ、よけいなお世話じゃ！　抱いてなど貰《もら》わなくとも妾《わらわ》はちゃんと自分の足で歩ける！　それでは巫女姫殿、名残惜しい事じゃが鬼があぁ言うので、妾は今日は帰ることとする。また参るので、その時はもっと楽しい話を聞かせてくりゃれ」

「ええ、耀姫様。ぜひまたいらしてください」

　笑顔で応対する杏珠に背を向けて、この宮の主である耀姫は自分の居室へと帰って行った。

　杏珠が起居していた露翔宮《ろしょうきゅう》は火事ですっかり焼けてしまったために、杏珠らは耀姫の好意に甘えて、彼女の宮であるこの葉霜宮《ようそうきゅう》に間借りをしている。

　とは言っても、最近の杏珠は神泉の向こうの瑠威の宮で過ごすことも多くなったので、ここで起居しているのは実質、杏珠の従者や侍女、宮女たちが主だ。

　頻繁に顔を出してくれる耀姫とすっかり仲良くなったらしく、夕蘭と桜花が、李安と耀姫のやり取りを、実に面白おかしく杏珠にも話して聞かせてくれる。

「本当は、李安は宦官《かんがん》じゃなくって、耀姫様とは恋人同士なんですよ！」

「そう。それで二人は誰にも言えない秘密の恋に落ちちゃってるんです。きゃあぁっ！」

　完全に面白がっているふうの夕蘭と桜花は、そういうふうに陰で盛り上がっているようだが、杏珠《あんじゅ》にはそれがあながち妄想であるとも言い切れない。

それほど耀姫《ようき》を見守る李安《りあん》の目は、時折常の彼からは想像もつかないほど優しげだった。

耀姫がすっかり杏珠を気に入った様子で、親しくしてくれているからなのか、それとも杏珠が真に巫女姫《みこひめ》となり、もう妃《きさき》として後宮に上がる心配はなくなったからなのか、杏珠に対する小さな嫌がらせもピタリと止《や》んだ。

桜花《おうか》が、自分を唆《そそのか》していたのが宝妃麗昌《ほうひれいしょう》であったと証言し、揺麗昌は後宮を追われ自宅で蟄《ちつ》居《きょ》の身となったため、もちろん杏珠の命を再び脅かすほどの、大きな陰謀ももう企てられることはない。

平穏な日々の中、喜びばかりが重なって行く。

「杏珠……」

さすがに瑠威《りゅうい》が居室《いま》に入って来たのを合図に、夕蘭《ゆうらん》も桜花も杏珠の傍から下がった。

それでもきちんと、杏珠の分と瑠威の分、二人分のお茶を淹《い》れて行くことを忘れない桜花は、気配りの行き届いた素晴らしい宮女だ。おかしな陰謀に巻き込まれて、失われずに済んでよかったと心から思う。

杏珠はゆっくりと瑠威と共にお茶を飲んだ後、二人で連れ立って神泉へと向かった。

神泉にはあれ以来、絶えることなく溢《あふ》れんばかりの水が湧いている。

付近には草花も芽吹き、長く花を付けることが無かった園林《ていえん》の樹木も、緑の葉を茂らせ始めた。

水の力一つで、こんなにも宮城《きゅうじょう》自体が華やぎ、活《い》き活《い》きと美しく見える。

「良かった……」

感嘆の意味でため息をつき、今でもまだ毎日欠かさず、杏珠が神泉に捧《ささ》げている祈りが終わるとすぐに、隣に佇《たたず》んでいた瑠威がそっと腕を引いて杏珠を胸に抱き締めた。

「瑠威……」

何度抱きあっても触れあっても、愛しさばかりが募る。

ほんの少しの間離れている事さえもどかしく、王の元へと行っていた瑠威が戻って来た途端、このように身を寄せてしまう自分はなんと貪欲なのだろうと杏珠は呆《あき》れてしまう。

けれど無理もない。もう絶対に傍にはいられないと確信し、その悲しみを犠牲にしてまで選んだ先の途で、思いがけずもう一度手にしたかけがえのない相手なのだから。

いつでも共にいたくて、求めてしまうのは当然だ。

「どうしたの？　またどこかに雨を降らせたくなった？」

二人が愛し合った結果、瑠威が本来の力に目覚めて、御使いとして自由に力を行使できるようになった経緯から、瑠威はすぐにそういうふうに言って杏珠をからかう。

杏珠は真っ赤に頬《ほお》を染めて、首を横に振った。

「じゃあ、ただ単に……私が欲しくなった？」

何時でも優しげな笑みを浮かべていて、事実蕩《とろ》けるほどに杏珠《あんじゅ》を甘やかしてくれるのに、時々瑠威《りゅうい》はこのようなわざと意地悪な物言いをする。

そういうふうに聞かれても、杏珠が頷《うなず》けるはずがないと知りながら、優美な笑顔で問いかける。

「神泉を通って、あちらの世界へ行く？」

それは端的に言えば、瑠威の宮に行ってこちらの世界の住人達《たち》には邪魔されることなく、愛し合おうかという誘いなのだが、この辺りで素直に頷いておかなければ、もっと答えにくい聞き方をされるに違いないことを、杏珠はこれまでの経験からよく知っている。

杏珠は慌てて頷こうとしたが一瞬遅く、まるでその後の瑠威の言葉に頷いたかのようになってしまった。

「本当は早く、私が欲しいのだろう？」

「ち、ちがっ！」

慌てて首を横に振ってももう遅い。瑠威はますます赤くなって必死に首を振る杏珠を腕に抱え上げ、笑いながら神泉に向かって歩き始めた。

「お望み通り、すぐにでも差し上げるよ。私はいつでも杏珠のものなのだから」

「もう！　瑠威っ！」

抗議の意味を込めて振り上げた手の手首を摑まれ、そのまま深く口づけられる。

「ふ……うんっ」

たったそれだけの行為で、もう体の奥に火が点《とも》りはじめてしまう杏珠は、ひょっとしたら本当に、瑠威が言うようにいつも彼を求めているのかも知れない。本当に――。

口づけたまま神泉の中へと入り、いつものように水を抜けてあちらの世界へと行く間、杏珠はずっとそう考え続けていた。


泉の水面が急に持ち上がり、弾けた水幕《すいまく》の中から杏珠を腕に抱えた瑠威が姿を現しても、もう柚琳《ゆうりん》も凛良《りんら》も驚かなくなってしまった。

さすがにこうも毎日のように、瑠威と杏珠があちらの世界とこちらの世界を二人で頻繁に行き来しているのだから当然だ。

またかという思いで、今日も庭掃除をしながら泉をふり返った柚琳だったが、さすがに二人がきつく抱き合って熱い口づけを交わしながら現れたので、高箒を振り上げずにはいられなかった。

「いくらなんでも口づけしながら移動してくんじゃねえよ！　この恥知らずども！」

口は達者だがまだ少年の柚琳は、慌てたように視線を逸《そ》らす。

それに対して凛良は石椅子からすっくと立ち上がり、杜若《かきつばた》色の長裙《ちょうくん》の裾を翻して、房室に駆け戻った。

「たいへん、すぐに牀榻《しんだい》を整えなくっちゃ！」

揺れる亜麻色の髪に向かって、瑠威《りゅうい》が微笑《ほほえ》み混じりに声をかける。

「いいよ凛良《りんら》。どうせすぐに乱れちゃうから、ね、杏珠《あんじゅ》？」

そこで同意を求められても、杏珠に何が言えるというのだろうか。

真っ赤になって俯《うつむ》く杏珠をますます抱き締め、瑠威は途中で足を止めた凛良を追い越して、臥室へと歩き始めた。

「そう？　じゃあしばらくの間、隣の伽羅《きゃら》ちゃんの宮《みや》に遊びに行っててもいい？」

屈託なく尋ねる凛良の頭を撫《な》でて、瑠威は笑った。

「ああいいよ。かなり長く出かけてても大丈夫なんじゃないかな、ね、杏珠？」

どうしていちいち自分にも確認するのだろう。その疑問を実際に口に出さず、杏珠は我慢した。そうでなければもっと杏珠が赤面してしまうようなことを瑠威が笑顔で言い出すに決まっている。――そんな気がした。


「やっ……あああっ……もうやぁ……」

高かった日もいつしか傾き、夕暮れが近くなるような時刻になっても、その宮《みや》の臥室《しんしつ》の一つには、杏珠の悩ましげな声がいつまでも響き続けていた。

一糸纏《まと》わぬ姿で瑠威の胸にもたれ、牀榻《しんだい》に横になるのではなく座っている杏珠は、なぜか紗《うすぎぬ》の被帛《ひはく》で目隠しをされている。

瑠威に背後から抱き締められ、彼の脚の上に座ってはいるけれども、二人の接点は肌と肌のみ。瑠威の到来を待ちわびて、すでにしとどに濡《ぬ》れてしまっている杏珠の秘所《ひしょ》には、ただ入り口に熱い塊《かたまり》が添えられているばかりだった。

どれだけ長い間、体中に瑠威の唇を落とされ、てのひらで撫《な》でるように愛撫《あいぶ》されたのか、杏珠にはもう記憶がない。

ただ覚えているのは、今日の瑠威はそうして杏珠の体を悦《よろこ》ばせはしても、ただの一度も胎内《なか》には入って来なかったということ。

杏珠がどれだけ体を疼《うず》かせ、苦しさに身を捩っても、その快楽だけは決して与えられなかった。

「やあっ……やなの……」

視界を奪われた目からポロポロと涙を零《こぼ》しながら、肩を揺すって嗚咽《おえつ》する杏珠を抱き締める手も、頬《ほお》に寄せられる唇も、いつも通りに優しい。

けれど焦《じ》らすように時々熱い塊を前後に擦りつけられるその部分にだけ、今日の瑠威はあまりに無常で冷たい。

「は……あっ……！」

背後から掬《すく》い上《あ》げられるように、両の胸の膨らみを持ち上げられ、ゾクゾクと背中に快感を走らせながら杏珠《あんじゅ》は身悶《みもだ》える。

また自分の奥深くから熱いものが流れ出す感覚がする。おそらく瑠威《りゅうい》の脚や、牀榻《しんだい》に敷き詰められた絹の衾糯《ふとん》を濡らしてしまっているのだろう。

それが恥ずかしく、もう瑠威の熱い物で奥まで深く埋め尽くしてしまって欲しいのに、どうしてもそうして貰《もら》えない。

「なんっ……で？　……瑠威っ……」

問いかける前からその答えは、本当は杏珠にはわかっていた。

けれど聞けば、瑠威がどう答えるかは容易に想像がつき、それに従えば、自分が彼の策略にまんまと引っかかってしまうことも分かっていた。

分かっていたのに、もうどうにも我慢できずに杏珠は尋ねた。そして予想していた通りの答えを聞いた。

「何が？　私はどうもしないよ。杏珠こそどうしたの？　こんなに震えて……何？　……言って？」

視覚を奪われているからこそ、耳元で囁《ささや》く瑠威の言葉一つにも、首も背中も腰も過剰に反応する。

「あっ……ぁ……」

快感に肌を泡立たせ、羞恥《しゅうち》に頬を染めながら、杏珠はできれば口にしたくはなかった言葉を遂《つい》に声にした。

「も……欲しいのっ……」

「何が？」

間髪入る間さえない瑠威の問いかけは、彼もまたこの瞬間を息を詰めて待っていたことの証拠に他ならない。

務めて穏やかで優しい声ではあるが、かなりの緊張に震えているようにも聞こえる。視界がないが故に、杏珠は的確にそう判断した。

「瑠威がっ……欲しい……っ！」

体の奥に存分に溜《た》まった熱には抗《あらが》うことができず、身を捩《よじ》りながらそう言い切った杏珠に、まだそれでも瑠威は期待したものを授けてはくれない。

「じゃあ自分で挿《い》れてごらん……」

それこそが彼の本来の目的だったのだと、杏珠はどこか絶望にも似た気持ちで思い知った。

杏珠の秘所のすぐ下にある瑠威の熱い物は、もうずっと固いままで、少し腰を浮かせてその上に下ろせば、杏珠にも挿れること自体はできるように思われる。

しかし自ら瑠威の上に腰を沈めて、彼を受け入れるなど、我慢に耐え切れずたった今自分が口にした言葉を、実際に行動で示すようなものだ。――瑠威《りゅうい》が欲しいと。

「やっ……やぁ……」

涙ながらに拒否する杏珠《あんじゅ》から、瑠威がおもむろに目隠ししていた紗《うすぎぬ》の被帛《ひはく》を取り去る。

予想していた以上に淫らに濡《ぬ》れた自分の体と、それとぴったり重なる瑠威のものを突然目の当たりにして、杏珠は悲鳴にも似た声を上げた。

「いやあっ！」

瑠威が酷《ひど》く落ち込んだような声で、杏珠の耳元で囁く。

「そんなに嫌なの？」

おそらくわざとなのだろうが、その悲しそうな声が杏珠の胸を打った。

「ちがっ……嫌じゃない……嫌なんじゃないの……」

「じゃあ何？」

「自分では……できないっ……」

顔を俯《うつむ》けてしまった杏珠を、瑠威が背後から優しくふわりと抱き締めた。

「じゃあ仕方ない。私が挿入《はい》ってあげるから……上手《うま》くねだって、杏珠」

「ね……だるって……？」

「お願いして見せて？　杏珠が私にしてほしい事……」

恥ずかしくてまだ顔は上げられないけれども、ここら辺りがお互いの妥協点なのだろうと、杏珠《あんじゅ》は悟った。

なので恥ずかしさに肩を震わせながら、小さな声で瑠威《りゅうい》に懇願する。

「お……願い、瑠威っ……」

「何を？」

「挿入《はい》って……」

「どこに？」

「私の……胎内《なか》っ……」

「じゃあ続けて」

「……………」

すました顔で杏珠を誘導していく瑠威に、このまま素直に従ってしまったならどうなるのだろう。おそらく杏珠が待ちに待った快楽を、また彼女が気を失ってしまうほどに与えてくれるはず。しかし――。

「言えないんだったら、杏珠の願いは叶《かな》えられない。夜になっても朝になっても、ずっとこのままだよ」

「そんなぁ……っ」

告げられる要求はあまりに淫らで、杏珠の羞恥心は高まるばかりだ。

「もう耐えられないんじゃないの？　……言って」

「………」

「私も、もう耐えられないから……」

誘うように腰を揺らされ、熱い物を入り口に押し付けられ、杏珠の中で何かが壊れた。

「お願い、瑠威っ！　私の胎内に入ってぇ！」

杏珠の叫びと同時に、待ちに待った熱いものが、もうトロトロに蕩《とろ》けた杏珠の空洞の中に押し入って行く。

「ああっ！　あああっあ！」

入り口を割られただけで、襞《ひだ》を掻《か》き分《わ》けられただけで、あまりにも感度を高められていた杏珠は、すでに何度も絶頂を迎えた。

「ああんっ……あっ、あっ！」

快感に激しく収縮する襞をゆっくりとじっくりと捲《めく》られることで、また幾つもの波が杏珠に襲いかかる。

すっかり体から力が抜けきった杏珠は、瑠威の体の上に背中を預け、もう彼の為《な》すがままだった。

奥まで突かれ、激しく抜き差しされても、焦らされ過ぎた空洞がすっかり痺《しび》れてしまって、強すぎる刺激に目の前が白くなる。

「あっ！　あっ！　ああっ！　ああん！」

ひっきりなしに自分の喉から洩《も》れる淫らな声が、最早《もはや》他の人物の喘《あえ》ぎのように聞こえていた。

「瑠威《りゅうい》っ……んっつ……あっ瑠……威ぃ」

ねだるような甘えた声で彼の名を呼ぶのが、自分以外であってほしくなどないから、かろうじてそれが自分なのだと意識のどこかで認める。

「やっ……うん……んっ、んんっう！」

もう何度目か分からない絶頂で、彼を愛《いと》おしげに締め付けるのが、杏珠《あんじゅ》以外であっていいはずがない。

だから認める。瑠威の全てが愛《いと》おしくてたまらない。この腕も、胸も、頭も、あの部分も。

誰よりも好きで──愛している。

恥ずかしくも嬉《うれ》しいことを自覚しながら、真っ白な光の中に意識を沈めて行く杏珠の耳に、瑠威の囁《ささや》き声が聞こえる。

「まだだ。まだ終わらないよ、杏珠……」

妄執《もうしゅう》じみたその執着が、きっと三百年間の漣捷国《れんしょうこく》の渇きなのだろう。

これからその渇きを、杏珠は瑠威と二人で潤《うるお》していくのだ。

瑠威と二人ならば、どれほどかかるか分からないその長い時も、おそらく苦には成り得ない。

──瑠威が欲しい。

その言葉は、無理やり彼に言わされたのではなく、紛れもなく杏珠の本心から出た言葉なのだから。

それが瑠威にはわかってしまっていた。ただそれだけなのだから――。

その日降り始めた雨は、再び漣捷国全土にまで広がり、国土に多大なる恵みを与えた。

以来、漣捷国には、頻繁に雨が降るようになり、王――壮忠篤《そうちゅうとく》を以《も》って、度々曇天を見上げさせ、

「そろそろいい加減にしてくれないかな?」

と言わしめるほどであったという。

それは、神泉《しんせん》の巫女姫《みこひめ》の伝説が単なる言い伝えではなく事実となったが故に、漣捷国に訪れた繁栄の歴史の、華麗なる幕開けの祝雨《しゅくう》である。

さすればこの国——国土の心肝に、天界と通ずる神泉を抱く水溢る国、漣捷国——に、永久の実りと栄のあらんことを。

——第十三代漣捷国国王　壮忠篤「興国の詔」より——

あとがき

はじめまして、芹名りせです。

このたびは、「神泉《しんせん》の巫女姫《みこひめ》」を手に取っていただきありがとうございます。

あとがきから先にご覧になる方もいらっしゃるかと思いますので（私はそうです）、内容についていて多くは語れませんが、素敵な挿絵を眺めるついでに、本文の方にもパラパラっと目を通していただけると嬉しいです。よろしくお願いします。

そう！　なんと言ってもこの本の見どころは、すがはら先生が付けて下さった美麗なイラストです！（笑……ってあれ？　確かそれだけではないはず？）

表紙絵やキャラクターラフを編集部から送っていただいた後は、実際私は、しばらく何も手につきませんでした。ええ、もちろん執筆も！（こら！）ずっとニヤニヤと絵を眺めていました。

ですので皆様も（ぜひ観賞用として）、この本をご家庭の本棚に並べていただけると嬉しいです！

冗談はさておき（いえ、八割がた本気ですが……）、こうしてこの物語が一冊の本になるまでは、たくさんの方にお力添えいただきました。この場をお借りしまして、皆様にお礼の言葉を述べさせていただきます。

本当にありがとうございました。

プロフィール欄にも少し書きましたが、中華風の世界は、もともと読むのも観るのも大好きです。しかしいざ自分で書くとなると、単語一つとっても、語り口調にしても、これでいいのかと悩むことが多く、実は書き出すまでにかなり時間がかかったことは、担当様には内緒です。そのため、最終的には「何日までに何ページ！」と細かく日程を区切っていただいて、背中を押していただき、ようやく書き上がったことも秘密です。（誰に？）

そう。私は昔から追い詰められないと宿題をやらないタイプで、夏休みは最後の一週間が勝負でした。ですが、それで間に合わなかったことは一度もありません！（プチ自慢）

そう言えばこの本が出る頃は、まさに夏休み終盤ですね。学生の皆様の健闘をお祈りします。

そうして（主に周りの方々のお力添えで）出来上がったこの物語ですが、読んでいただいた皆様に、少しでも楽しんでいただけたなら嬉しく思います。ぜひご感想など、お聞かせいただけるとありがたいです。よろしくお願いします。

この出会いに感謝を込めて。皆様に最大級の「ありがとうございます」を――。

芹名りせ

ジュリエット文庫

JL-010

神泉の巫女姫

芹名りせ ©SERINA Rise 2012

2012年9月15日　初版発行

発行人　折原圭作

編集所　株式会社CLAP

発　行　インフォレストパブリッシング株式会社
〒102-0083　東京都千代田区麹町3-5 麹町シルクビル

発　売　インフォレスト株式会社
〒102-0083　東京都千代田区麹町3-5 麹町シルクビル
http://infor.co.jp/
TEL 03-5210-3207（営業部）

デザイン　antenna

印刷所　中央精版印刷株式会社

ISBN978-4-86190-778-4　Printed in JAPAN

芹名りせ先生・すがはらりゅう先生（イラスト）へのファンレターはこちらへ
〒102-0083 東京都千代田区麹町3-5麹町シルクビル5F
インフォレストパブリッシング株式会社　ジュリエット文庫編集部
芹名りせ先生・すがはらりゅう先生　宛

The Juliet Label
ジュリエット文庫
偽りのフィアンセ
公爵の甘い誘惑
Novel 水島 忍
Illustration アオイ冬子
公爵様の強引&直球愛♥
勝ち気なリディアとおとなしい双子の妹ローレルは父が決めた婚約に反発し、入れ替わってお互いの婚約者に嫌われようと企む。リディアは尊大な公爵ギルバートに自分が従順な花嫁にはならないことを見せつけようとしたが、逆に彼に気に入られてしまった。本気で彼女を得ようとする公爵の誘惑に、身も心も囚われてしまうリディア。彼は妹の婚約者なのに——!?
好評発売中！